丸戸史明＝著
深崎暮人＝插畫

不起眼女主角培育法 FD2

加藤宏美
Hiromi Kato

Saenai heroine no sodate-kata. FD2
Presented by Fumiaki Maruto
Illustration : Kurehito Misaki

波島 出海
Izumi Hashima
氷堂 美智留
Michiru Hyodo

澤村·史賓瑟·英梨梨
Eriri Spencer Sawamura
加藤惠
Megumi Kato
霞之丘詩羽
Utaha Kasumigaoka

不起眼女主角培育法 FD2

丸戸史明
插畫／深崎暮人

Kadokawa Fantastic Novels

彩頁／內文插畫：深崎暮人

Content

blessing software

成員名冊

原畫、CG上色

劇本

企畫、製作人、總監

音樂

第一女主角

Saenai heroine no sodate-kata. FD2

Presented by Fumiaki Maruto
Illustration : Kurehito Misaki

SPA iLLUSiON

澤村・史賓瑟家的假日

重來之後

經過兩人於那晚的選擇

阿宅光榮凱旋

寶貴的朋友、寶貴的阿倫

故事就此完結，友情從這開始

SPA iLLUSiON

「呼～早上泡溫泉也滿舒服的呢，英梨梨。」

「……嗚嗚嗚。」

在秋意正濃的高原，早上就已充斥令人感受到涼意的寒冷空氣。

「雖然預算有點吃緊，幸好我們有來呢，霞之丘學姊。」

「……唔噗。」

然而，目前她們所在的地方，有暖呼呼的白色蒸氣瀰漫於那寒冷的空氣。

「洗完澡吃過早飯就要出發了嗎……總覺得還不想回家呢，是吧，冰堂同學？」

「……痛痛痛痛痛～」

「……喂，妳們都有聽見我這邊的聲音吧？我的存在感並沒有那麼薄弱吧？」

那是在某間溫泉旅館，早上六點的露天澡堂。

如此的時間與地點，瀰漫著十足度假感及奢侈感，目前只歸四個女生所有。

「別發出那麼大的聲音啦，惠……聽得我腦袋都在響了。」

留著金髮雙馬尾，還裝備了及膝襪來強調絕對領域（目前正在入浴就沒有另外穿上）的青梅竹馬型假氣質千金，澤村・史賓瑟・英梨梨。

「才吃了那麼一點威〇忌巧克力就喊頭痛，澤村，妳真沒用。」

留著黑長髮，還裝備了黑絲襪來強調美腿（目前正在入浴就沒有另外穿上）的學姊型毒舌模範生，霞之丘詩羽。

「妳也是啊，臉色鐵青成那樣，要消遣人也不是時候吧……」

留著稍捲的短髮，平時何止不穿襪子也不穿絲襪，連衣服都不太穿（目前正在入浴就放膽不穿了）的表親型無戒心黏人歌手，冰堂美智留。

「妳們幾個都喝太多……不對，吃太多了啦。」

還有目前留著馬尾，由於會配合時尚而靈活換上各種服裝，特徵便難以用一句話來表達（目前當然也是什麼都沒穿），姑且有同學屬性的極淡定平凡少女，加藤惠。

此外，關於這四個人為什麼從早上就在溫泉旅館的露天澡堂裸露肌膚，有鑑於這段極短篇是ＴＶ動畫《不起眼女主角培育法》Blu-ray & DVD第一集隨附小冊子收錄的作品，請容我用一句「看過動畫第〇話再讀」來充當說明（所用字數跟正常說明差不了多少）。

「誰教霞之丘詩羽要激我，我才忍不住……」

英梨梨幾乎將昨晚的記憶全忘了，唯獨對某人提過「分解酒精的機能集中在胸部，因此澤村

妳別勉強比較好」這段胡謅的學說，卻還留有一絲絲印象。

「話雖如此，威士〇巧克力原本就是妳帶來的吧，澤村？」

詩羽幾乎將昨晚的記憶全忘了，唯獨卻記得英梨梨的兩個旅行包當中，有一個只裝了零食，由此可知她對這次集宿的拚勁有多不尋常，讓人一個頭兩個大。

「話說那好好吃耶～雖然我第一次吃，但是才吃一顆就覺得『要飛了～』呢。」

「冰堂同學，何止是一顆，妳還清掉了一整盒……」

另外，惠應該有將昨晚的記憶好好保留著，唯獨對美智留脫掉浴衣以後，自己到底被迫幫她穿了幾次回去，卻只剩下模糊的印象。

「惠，所以昨晚到底發生了什麼？」

「好像才一回神，我們就在地上躺平了。」

「對對對！醒來才發現好冷～！」

「哦，妳們真的不記得啊……那真是太好了，對安藝來說。」

「我倒覺得，昨晚好像有看見什麼非常重要的東西……」

「我不只是看見，好像還摸到了……」

「我好像有逞強說：『那種東西，我從以前就一直在看了～！』……」

「噯，妳們真的不記得吧？剛才那些話不是串通好的吧？」

此外，關於昨天深夜發生過什麼，還請容我用一句「看過動畫第〇話再讀」來（略

「呃，不提那些了，難得現在只有女生，我們要不要多聊一點比較像女生聚在一起時曾聊的話題？」

總之先轉移話題……不對，趁大家總算酒醒了……也不對，看準大家恢復精神，惠想跟她們進一步聊開。

可是……

「我沒有跟朋友正常對話過。」

「我又沒有什麼朋友。」

「真的可以嗎？我可以把後段班女校那些低級沒救又露骨的笑料拿來講嗎？」

「咦……咦～」

看來，這裡似乎沒有惠印象中的普通女生。

「惠，基本上，妳為什麼要突然出這種難題呢？」

「妳想嘛，因……因為在企畫概要就有寫到：『這個系列每回都要描寫女角們潛藏的魅力或可愛之處』。」

「那是什麼的企畫概要？」

「呃，就是……A○PLEX……不對，我們製作的美少女遊戲，應該會用到吧？」

「為什麼用疑問句？」

那且不提，就算女角們再可愛再有魅力，還是希望她們別耍任性，對這類細節追究太多。

「哎，既然我們無法像普通女生那樣聚在一起談心……那麼，要不要仿效二次元作品呢？」

「仿效二次元作品……？霞之丘學姊，請問那是什麼意思……？」

「妳想嘛，提到在動畫或遊戲裡的溫泉劇情，不就那一套嗎？」

「那一套……？」

詩羽露出詭異的笑容以後，就從熱水中伸出雙手，一邊將手掌開開闔闔地作勢掐揉，一邊打量起另外三個女生。

「怎……怎樣……？」

接著，她那蛇一般的視線，便鎖定在肌膚格外白皙的金髮少女身上。

「澤村……」

「等……等一下，霞之丘詩羽……妳的眼神不對勁喔。怎樣啦，是怎麼了？昨晚的巧克力效力還沒有退嗎？」

熱水表面微微起泡後，詩羽的身軀滑溜地向前移動。

於是在不知不覺中，她跟英梨梨的距離縮短到只剩十公分，還露出嫵媚的笑容……

然後，她立刻恢復平靜。

「……不行呢，提到動畫或美少女遊戲的溫泉劇情，就是要讓女生互相揉胸，在嬉笑間說出『唔哇，英梨梨的胸部好柔軟～♪』之類的台詞，但這塊平坦如鋼鐵的胸部摸了又能如何……」

「妳不要為了嫌棄別人胸部就演這麼久的前導戲啦～～！」

反觀另一名當事人，則是激動到不行……

「基……基基基基本上，既然妳對我的胸部不滿意，去摸冰堂同學或者惠不就好了！」

「可是冰堂肯定會反過來揉我回敬；即使對加藤那樣做，她也只會說『啊，請盡快了事喔』就沒戲了。」

「呃，不好意思，霞之丘學姊。再怎麼說，我也不會是那樣的反應。」

「不過，我說加藤啊，不仿效二次元作品的溫泉劇情，還要這群有溝通障礙的班底像普通女生聚會時一樣交心，門檻會不會太高了？」

「噯，我起碼還有可以裝給別人看的社交能力！」

「像我還跟朋友組樂團，真正有溝通障礙的不就只有學姊嗎？」

「…………我並不是無法跟他人溝通，而是周圍無趣的人太多，才感受不到那種必要性，這可說是創作之神賜予才能的代價，或者天才的孤獨……」

「啊～好的好的，對不起，霞之丘學姊，是我不好，我向妳道歉，請妳息怒。」

「所以呢，惠，現實中的女生聚在一起會聊什麼？」

「呃，好比說……可以聊時尚或者聊逛街……」

「拿什麼當話題都好，總之對自己的主張就是不讓步，假如遭到否定，就用感情論連對方的人格一起否定，還要拉攏其他朋友一起排擠跟自己作對的人，用陰險手段霸凌對方，這樣是不是就比較有女生聚會的調調了呢？」

「……霞之丘學姊，我剛才道歉過了吧？」

「啊，以我們的樂團來說，好像還是聊男生比較多喔～」

「聊……聊男生？」

就在此時，醞釀已久的美智留脫口說出了（戀愛喜劇中的）俗套台詞，英梨梨就像泡澡泡昏頭一樣，全身突然染上紅暈。

「對啊對啊，雖然主要都是唯一有男朋友的叡智佳在炫耀，唉，真虧她每次都能把那些無聊的事情講得那麼開心～……不過我們幾個大多是因為吃味才拚命嗆她，聊到最後就玩開了～」

「聊男生是嗎……」

「可是我們能當成共通話題的男生……」

詩羽和惠稍微遲了點，沒有趕上另外兩人正聊得熱絡的話題，心思徜徉於拂曉天空的臉顯得一模一樣……

「啊，對了，這麼說來，安藝上週末好像總算弄到《琥珀色協奏曲ＦＤ》的活動限定版嘍。聽他說，那好像是comiket開賣時數量提供得太少，連通宵排隊組都買不到的超稀有商品。」

「惠……」

「加藤……」

「妳那樣算是聊男生嗎，小加藤……」

「啊，抱歉。最近因為社團活動變成生活重心，好像連我都忘記一般是怎麼聊天的了……」

「我不是針對惠啦，但我們幾個要聊男生的話題，未免太勉強了……」

「的確……畢竟只有一個人能拿來當共通話題……」

「何況他還是徹頭徹尾的二次元御宅族～」

先前詩羽和惠的腦海裡，曾同時浮現某個戴眼鏡的男生，如今四個人的腦海裡，都共有著他那張煩人的臉了。

「……惠，所以說，妳真的想用那傢伙當話題跟大家聊開嗎？要怎麼聊啊？」

「呃～……這……這個嘛……」

「基本上，那邊（倫理同學）只對二次元有興趣，還限定於普遍級作品喔。」

「對不起，霞之丘學姊，妳提到的普遍級是問題點嗎？」

「而且無論比桌球或摔角，他什麼都贏不過我～」

「稍微跳脫體力方面的競爭怎麼樣呢，冰堂同學？」

「不過，要聊那種自以為是又神經大條還完全不懂別人的想法，可以說是負面意義上的典型御宅族，才不可能把話題聊開啦。」

「是啊，無視於作家的心思和用意，只會嚄嚄有聲地消化他人提供的產物，將作品完結於自己心中的消費型豬玀，根本不值一談。」

「對對對，那種只顧自己好又沒頭沒腦地亂衝，明明對女生沒意思還硬要來糾纏的任性臭傢伙，誰想理他啊。」

「妳們都在談喔，談的都是同一個人喔。」

「才吵了一場小架就記恨八年。」

「是條軟腳蝦卻又死腦筋。」

「明明小時候還是有骨氣的，長大以後就變軟弱了～」

「啊……啊哈哈……」

「還有，他也不肯認同別人的努力……為什麼我對那傢伙來說就不是心目中第一的插畫家嘛。」

「就算成了他心目中第一的作家，也沒有什麼好事……反正他肯愛的就只有作品。」

「對對對，嘴巴上追求得那麼熱情～結果他要的卻不是我，而是我作的音樂～那種害人誤解的說詞更讓人不爽～」

「……等一下，什麼叫『追求得那麼熱情』？」

「……冰堂，請務必詳細告訴我，他當時對妳灌了什麼樣的迷湯。」

於是，在露天澡堂裡，終於開始充斥女生之間略為臉紅心跳的對話。

「啥！」

「他……他說……他想……想要妳……？」

「對不對～？被他那樣說，絕對會以為想要的是肉體嘛。」

「等一下等一下，別講得那麼直接啦，冰堂美智留！」

「他對妳說了？他真的那樣對妳說過嗎，冰堂！」

「呃～那個，妳們兩位……？」

然而，要說略為臉紅心跳，會稍微有語病……

「可是呢～結果那是指我寫的曲子……」

「他……他想要……想要妳……要妳要妳要妳……」

「倫理同學打算跳脫倫理……精力絕倫同學要降臨於現實了……？」

「那……那個～雖然現在算沒有別人在，但這裡是公共場所耶。」

「為什麼！為什麼他不是對我說，為什麼會是妳嘛，冰堂美智留！」

「果然是因為表親關係嗎？原本只是稍微嬉鬧，無心間就變得亂有情調，兩個人互相使了眼色確認『這麼說來，阿姨他們今天會晚歸對不對？』然後就……！」

「哎呀～果……果然是那樣嗎？阿倫大概也放了一點真心話的成分在裡面吧？啊……啊哈，啊哈哈哈哈～」

「…………像倫也那種軟腳蝦怎麼可能會那樣。」

「…………妳這輕佻的傻ㄚ頭也未免太花痴了。」

「還不都是妳們起鬨的！」

那並非A○PLEX……呃，那並非惠樂見的「女角們隱藏的魅力及可愛之處」，儼然就是美智留之前提到的「後段班女校那些低級沒救又露骨的笑料」。

「哎喲～沒完沒了！要不然，我們現在直接去找阿倫，叫他把當時的情況說清楚～」

「正合我意，冰堂美智留！」

「讓我從根本打垮妳那仗著表親關係，就自以為百無禁忌又高人一等的態度。」

「妳們幾小時前才做過一樣的事吧……？還有要站起來的話，起碼拿浴巾遮住前面……」

全身潮紅的三個人依然將腿泡在浴池裡，還氣勢洶洶地站著互瞪。

「沒事的，惠……這次我很清醒。」

「那樣才不叫沒事，英梨梨，妳泡澡泡昏頭了吧？已經失去正常判斷能力了吧？」

「這一次，我絕對要將當時看見摸到過的東西烙進記憶裡……」

「霞之丘學姊，妳肯定記得吧？早就烙進記憶裡了吧？」

「好～一早就來弄得黏呼呼又濕漉漉～！」

「拜託妳別多講那些話挑釁她們兩個了，冰堂同學……」

之所以全身冒著熱氣，是因為浴池的水溫或別有緣故，任誰都不明白，肯定是的，大概。

「基……基本上，連續在半夜將安藝挖起來兩次，實在是過意不去嘛……」

「對……對喔……那倒也是……」

「不過，天已經亮了，他也有可能醒了喔。」

「那實在有困難喔……畢竟，安藝是五點多回房間的耶。」

惠苦口婆心地勸說，想讓她們三個從興奮過了頭的熱氣中清醒過來。

然而……

「……小加藤，妳怎麼會曉得阿倫回房的時間？」

「咦？」

她太急於將狀況擺平，於是犯下了致命的錯誤。

「這麼說來，我隱約有印象，加藤，妳回房間差不多是在早上五點對吧？」

「咦？咦？」

「惠……？這……這是怎麼回事……？」

「咦？咦？咦？」

「奇怪了，什麼情況啊？這～是～怎麼回事呢～？」

「這麼說來，四天王中常有這種貨色呢……平時都一臉隨和地扮演和事佬的角色……其實在背地理卻忙著用骯髒的手段策反……」

「怎……怎麼會……惠，我把妳當朋友耶！」

「不不不不不，沒有那種事，妳們所想的那些根本、完全、絲毫都沒有發生過……」

惠感受到自身萬分危險，這次就換成她（一面勉強用浴巾遮著前面）站起來了。

然而……

「別想逃喔，小加藤……」

「冰……冰堂同學……」

四天王中的頭號武鬥派，美智留迅速繞到惠的面前。

「死心吧，加藤……妳已經沒有退路了。」

「霞……霞之丘學姊……」

加上在四天王屬頭號智謀派的詩羽，也巧妙地繞到惠的背後。

這麼一來，策反之意見了光的惠……不對，遭誤解的惠根本無步可走……

「接著就由身為好友的妳做出了結吧……收拾她！四天王最弱的澤村・史賓瑟・英梨梨！」

「惠～～～！！！」

「等等，英梨梨，妳剛才被順口虧到了啦……呀啊啊啊啊～」

於是，讀者盼望的妖精打架情節終於開始了（其過程基於頁數因素恕不詳述）。

※　※　※

「嗚嗚嗚嗚嗚……」

隔了幾分鐘後。

澡池裡，只見叛徒寥然浮於水面的末路。

「妳……妳們這樣……未免玩得太過火了吧？嗚嗚嗚……」

「哎呀～不過妳今天戲份這麼鮮明，太好了耶～小加藤。」

「是啊，沒想到加藤居然這麼有反應……照妳的個性來想，我還以為妳會一邊玩手機，一邊淡然地問：『啊，已經結束了嗎？』」

「呃，對不起，我覺得自己對剛才那番話是可以認真生氣的，學姊妳認為呢？」

「嗚……嗚嗚……太過分了，妳太過分了啦，惠……」

「還有英梨梨，妳快點恢復清醒吧。」

即使如此，惠設法撐過如此劇烈的拷問（搔癢之刑）以後，就一面將染上紅暈的身軀泡進澡池，一面發出香豔的嘆息。

「啊～……意外地做了一場不錯的運動，感覺早餐會吃得很香……」

「話說，妳今天怎麼遲遲沒有屈服……不，妳還真是積極呢，加藤。」

「要說的話，受到剛才那種折磨，不用積極的態度面對怎麼受得了呢？」

「我不是指那一點，從參加這次集宿開始……不對，妳最近一直都……」

「啊～……是呀。」

詩羽指出的那一點，無論是英梨梨或美智留，還有倫也，肯定都心裡有數。

提議辦這次集宿的人，當然是倫也了。

不過，從敲定成行以後，主要在張羅的人幾乎都是惠。

選擇取材地點、向旅館訂房、協調日期……

她冷靜地協助一下子就談起空論讓話題失焦的倫也，當中還交織了男生不會替女生著想到的狀況，如今更像這樣自願為大家擔任緩衝角色……哎，雖然也因此掃到了一些風頭。

「畢竟，這樣不是很開心嗎？」

「惠……」

即使如此，她對肯定嘗過的苦頭卻絲毫不提，到現在，仍用淡定卻又溫和的笑容來回應。

「總覺得就像一直在為校慶做準備，很好玩不是嗎？」

「哎，隨著作品接近完成，大概就會見識到比以往更苦的地獄嘍。」

「可是克服那樣的地獄以後，肯定會非常慶幸，對不對？」

「小加藤……」

「所以英梨梨、霞之丘學姊，還有冰堂同學，才會一直當所謂的創作者吧？」

任誰看了惠那樣的笑容，肯定都有同感。

沒錯，那副溫和又毫無迷惘的表情，就彷彿這年頭將近絕跡，已經沒有人會提到的「賢妻良母」……

至於是「誰的」賢妻良母，要談這個又會惹出一番風波，因此倒沒有人說出口。

「所以我們再一起……努力兩個月吧？」

「是啊，圖面在這次集宿中也已經有底了……我在回程的電車上就可以擬草圖。」

「最終決戰的劇情，我在腦海裡有底了……大綱在回到東京時應該就能完成。」

「啊，那我也要在新幹線上譜片尾曲！」

「呃，妳又沒有帶吉他來。」

「啊～可惡，急死人了！那我在回程的電車上要一直哼旋律，以免忘記！」

「千萬不要。」

「要那樣的話，妳就自己另外劃位。」

「咦～妳們好過分～！」

「啊哈哈……」

大概是感染了惠那樣的心意……

如今，四個人都有著一樣的表情。

晨曦照進露天澡堂之中。

她們一邊對那陣光感到耀眼，一邊在最後，才靜靜地發誓。

「就由我們幾個……來做出最強的遊戲。」

「哎，有我的劇本就不成問題。」

「我會用自己的曲子，讓大家聽到哭。」

在惠的眼裡，她們的臉龐自信、堅強而又可靠……

「嗯，這樣子不會有問題的。我們的社團才不會中途拆夥呢。」

「…………」

「…………」

「…………」

「咦，等一下喔？妳們怎麼停頓不講話了？不會的吧？大家會一直在一起吧？」

澤村·史賓瑟家的假日

「英梨梨？妳已經醒啦？今天起得真早呢。」

「啊，媽媽……早安。」

新學期已經開始，春意盎然的週六早晨。

儘管溫暖快活的假日，似乎讓人一不小心就會睡過頭，英梨梨卻已經坐在客廳沙發面對電視的畫面了。

「喔，英梨梨，早啊！」

「爸爸也早。」

空間廣闊……著實廣闊而豪華氣派的客廳裡，由於是假日早晨的關係，換成平時早就來到屋裡的傭人也還沒有現身，不知道為什麼，親子三人卻和樂地盯著客廳的電視精確來說，是盯著英梨梨正在操控的遊戲畫面。

「所以，妳在玩什麼呢？」

「唔～《琥珀色協奏曲》的P〇3版。」

「噢噢！那款遊戲，爸爸有原本的ＰＣ版喔。」

「我曉得。我也借來玩過了啊。」

換成普通的親子，「妳在做什麼？」「玩電玩遊戲。」「呼嗯～」對話似乎會這樣就結束，然而對這家人可不能要求那種普通的互動。

話雖如此，這一家子之所以「不普通」，埋由倒不在於他們是外交高官的日英國際家庭……

「咦咦！在ＰＣ版連床戲都沒附的○學生妹妹，還多了成為攻略對象的新劇情吶？」

……此外，也不是因為父親的遭遇或語氣酷似於○男。（註：指《海螺小姐》中的河豚田鱒男）

「親愛的，可是出在家用主機上，就表示床戲都刪掉了喔。就算新增劇情寫得再好，像《琥珀色協奏曲》這種劇情與情色緊密契合的作品，會不會魅力大減呢？」

「不，但我還是會好奇……畢竟妹妹在ＰＣ的情色遊戲版一直都討厭主角。他們到底要怎麼演變成那種關係，我不能錯過！」

「……呃，沒有將所有角色都過關一遍，就進不了附加劇情線，叫我現在立刻玩給你看也很讓人困擾耶。」

單純是因為，他們一家人全屬無藥可救的御宅族……

雷納德．史賓瑟。

倘若在名字前面加上「Ｓｉｒ」或者溫斯頓，格調之高就有如邱吉爾爵士的澤村．史賓瑟家當家之主，乃是對萌系文化痴迷得像頭豬玀的英國人。

平日勤於履行英國外交官之職務，展現的高格調身段亦與其地位相符，然而一到假日，他就會換上格紋襯衫配牛仔褲，帶著單純像外國御宅觀光客的誇張動作在秋葉原街頭闊步。

當然在背後的雙肩背包上，更是大無畏地插了樣似光束軍刀的特大海報筒。

由於在日本度過了二十年以上的歲月，日文實在太過流利，再加上「要享受宅界作品只要懂日文就夠了」這樣的教育方針（？），導致女兒的英文成績半點起色都沒有，對此他作何感想則是永遠的謎。

澤村小百合。

芳名讓人聯想到紅極一時女星的澤村．史賓瑟家的主婦，乃是腐女。

平日以外交官夫人的身分扶持丈夫，展現的高格調身段亦與其家境相符，然而一到假日，她就會用華麗和服裝扮自己，在活動會場或演唱會會場揮灑活力，成了被人盛傳且年齡不詳的知名大姊。

於腐界具有從鎧傳、Ｃ翼時期就開始畫同人的深厚道行，修為之廣不只涵蓋ＢＬ，其作風更是連蘿莉和熟女（連本身的角色設定在內）都包山包海地通吃，導致女兒的興趣嗜好無比接近於成人胃口，對此她作何感想則是永遠的謎。

還有澤村．史賓瑟．英梨梨。

從雙親那裡忠實繼承了好比將高級素材糟蹋掉的ＤＮＡ，有著洋娃娃般的完美容貌，慘烈性格與作風卻跟容貌不符的她，乃是就讀高中的女同人作家。

「咦，英梨梨？玩到那裡出現的選項，我記得不是非常重要嗎？」

「我曉得啦，爸爸。我還不是一樣玩了好幾次。」

「明知道還那樣選，表示妳想走校園篇的劇情嗎！《琥珀色協奏曲》的精髓，再怎麼說都是在豪宅裡的眾女角身上吧！」

「親愛的，只有你才會那樣評價喔。豪宅篇就只有女生賣弄風騷，劇情裡根本都是空洞至極的爛哏嘛。我實在不認為那在家用版會變得好玩。」

「……英梨梨、小百合，妳們聽好。假如不懂得何謂王道，可做不出優秀的作品喔。」

「哎，爸爸心目中的王道滿偏頗的就是了。全是女僕和女僕裝和服侍主人的那種玩法。」

「先說清楚，我……我感興趣的女僕只在二次元喔！畢竟家裡也有三次元的女僕在工作，就得先釐清這部分才行！」

如此滿載著各種屬性的一家三口，會像這樣針對情色遊戲的家用移植版，闔家大小討論得好不熱鬧，說來實在不宜讓外人看見，卻又溫馨融洽地呈現出一片天倫之樂。

……哎，家裡的優渥安逸，反而侷限了英梨梨對外的交友關係，對此父母作何感想到底是永遠的謎。

「話說英梨梨，我記得這次出的初回限定版，在開放預訂的第一天就被瞬間掃貨，許多玩家紛紛哀嘆買不到，即使到了此刻，在網拍平台依舊是可以喊價到五萬上下的超稀有商品吧？」

「這個嘛……對啦。」

「英梨梨是絕對不會碰雅〇網拍的乖孩子吶……這片遊戲妳是怎麼弄到的？」

「有……有朋友先讓給我玩的啦，應該可以這麼說吧……」

「「朋友嗎！」」

英梨梨那從旁聽來似乎不以為意的一句話，讓父親和母親都有了強烈反應。

「這……這樣啊……英梨梨，妳終於也交到可以一起享受美少女遊戲的朋友吶！」

「帶來我們家吧，務必要帶對方來家裡招待！我們一起熬夜玩遊戲！」

「好……好啦……我之後再找時間。」

他們明白，自己的女兒，在學校受到了相當隆重的款待。

在美術室是眾人期待的王牌。在教室是頭號美少女。在辦公室是捐獻鉅額的富家千金。

然而，他們也隱約感覺到，自己女兒也有從那些風評聽不出來的其他真實面。

「然後呢，對方是什麼樣的人？同學？社團的朋友？是學長姊還是學弟妹？」

「或者妳是在網聚跟對方認識的？呃，說不定是目前還只有在網路上交談過的神祕隱藏女主角吶……」

「呃，那個……」

從英梨梨升高中以後……不，精確來說，是從讀國中到現在……

他們夫妻倆，一次也沒有見過英梨梨的朋友。

儘管女兒聊到學校或社團的事情時，偶爾也會出現疑似朋友的人物，卻從來沒看她開心地談論對方，或者大肆講對方壞話，諸如此類的鮮活反應都不曾有過。

附帶一提，在他們的印象中，英梨梨更是一次都沒有提過她在學校的朋友姓何名誰。

「對……對了，親愛的。我們要不要明天就到對方府上問候呢？」

「說……說得對！雖然明天要跟外交官員聚會，不過那種事大可撇一邊去……」

「等一下等一下！你們倆別那麼猴急啦！」

所以，相隔多年才發現英梨梨有朋友的他們會過度好奇，也只能說是天下父母心。

畢竟在過去，確實曾有那麼一段日子。

每日每夜，當全家人在餐桌團聚時，英梨梨就會聊起當天發生過的事……即使不主動多問，她也會亮著眼睛，聊當天跟「朋友」做過的事情聊個不停。

「基……基本上，爸爸跟媽媽又不是不認識對方……事到如今，何必還去打招呼……」

「……我們也都認識嗎？」

「呃，即使妳那麼說，我也想不出是誰吶……」

「不……不用再談那些了吧，讓我繼續玩遊戲啦。」

「……？」

「……？」

父母一塊兒歪著頭，還默默地盯著位於中間的女兒，身為當事人的英梨梨在反應上，這才有了劇烈的變化。

拿著遊戲控制器的手在發抖，頭變得越來越低，臉色卻紅到了耳朵，這樣的她會是什麼表情簡直再明白不過……

「啊！」

「啊！」

所以做父母的，就想到「我們該不會鬧出天大的誤會」了。

「難不成……是小倫？」

「倫也小弟嗎！」

「唔……」

沒錯，把對方想成女性朋友，或者最近交到的朋友，這樣的刻板概念……不，受限於這樣的刻板觀念可不成。

他們應該重視的，是方才第一個閃過自己腦海的靈感才對。

「那……那麼英梨梨，妳終於跟小倫和好了，對不對？」

「才沒有！」

……哎，結果他們將會體認到，自己女兒從小學時期就「簡直毫無成長……」。

「妳說沒有和好……那麼，這套遊戲並不是倫也小弟給妳的？」

「才不是！……我有付錢給他啦。」

「還說呢，果然就是小倫嘛。」

「才噗（才不是）似～噗似你們嗓的釀（不是你們想的那樣啦）啦～」

倒不如說，他們的女兒果真從小學時期就毫無成長……

「是嗎，倫也小弟真令人懷念吶。」

「讀小學的時候，他明明常來玩的，不知道從何時開始就完全不來了呢……」

「那……那是因為……你們想嘛，我跟他從四年級就分到不同班了，感覺也就變得聊不來……」

對於從小時候到現在，就一直跟父母建立著良好關係的英梨梨來說，有一件事情，無論如何還是沒辦法老實告訴他們倆。

那就是她跟空前絕後的青梅竹馬之間，關係決裂的理由。

並非因為雙方的興趣嗜好變得再也合不來，而是因為始終合得來才導致了摩擦。

「所以說，你們現在為什麼突然和好吶？」

「才……才不是突然……我們從一年級的時候，就慢慢……」

「慢慢？表示你們的關係正在逐漸加深嘍？和好以後，小倫會變回妳的宅友，之後再變成宅男友……」

「欸！」

「親愛的！」

「小百合！」

「「那就得讓他負起責任嘍～！」」

「不對不對不對！不是那樣，不是你們想的那樣～！」

「……遊戲社團吶？」

「製作同人美少女遊戲的那種？」

「就是啊，他的腦袋實在有病對吧？」

因此，為了解開莫須有的誤會，英梨梨就將先前在開學典禮那天發生的頭一樁大事，講給父母聽了。

應該說，為了平息他們激動的情緒，她不得不講。

「那傢伙本身不會畫圖、不會寫劇情、也不會作音樂，卻把那些困難的部分都推給別人，還自己攬了製作人還有總監的簡單工作，隨便擺個架子就說要做一番事業耶……」

英梨梨對於製作人或總監的認知是否正確暫且不提，她在拿到目前熱烈遊玩中的《琥珀色協奏曲》〇S3版之際，就受到了自己的青梅竹馬安藝倫也招募，要她擔任社團裡的原畫家。

實際上，對於在同人販售會已經攀升至牆際社團之列的英梨梨來說，對方的邀約倒也可以稱作邁向下一項事業的機會。

……除了來邀她的社團代表毫無實績這一點，倒是沒啥問題。

「所以嘍，這件事情跟和好或者男朋友才沒有關係，那個笨蛋只是為了實現妄想，就想拿我當棋子，或者說零件……很過分對不對？」

儘管英梨梨自己說著都有點想哭，她還是毫不隱瞞地（本身真正的心思除外）將事情緣由向父母說了個明白。

所以這場無謂的青梅竹馬爭論，可以就此結束……

「是嗎……是這樣啊！倫也小弟終於開始追逐『他的夢想』了！」

「是啊，不會錯！他還記得跟我們的約定！」

「什……什麼？」

……然而，事情並沒有就此結束。

「怎麼，妳不記得小學二年級過年參拜時的事情了嗎，英梨梨？」

「妳想嘛，小倫不是跟我們三個人，一起供奉了附插圖的神田明神繪馬立誓祈願嗎？」

「立……立什麼誓？」

「『他說要做出任何人玩了都會笑、會萌、會感動的美少女遊戲！』」

「………啥？」

英梨梨帶著震驚的表情望向雙親。

是的，那就好比名偵探展露推理到一半，真凶卻突然現身，還做出與本身推理完全不符的自白時所露出的表情……

「怎麼？妳不記得了嗎，英梨梨？倫也小弟當時發過誓，說他『將來一定會成為遊戲公司的老闆』！」

「那個時候，妳不是還興高采烈地說『自己一定要進小倫的遊戲公司當原畫家』嗎？」

「我真的講過那種話嗎！」

這麼看來，事情跟倫也之前所說的（參照動畫第一話），似乎還是有許多出入。

其一，當時發誓的英梨梨並沒有揹書包，而且她八成是盛裝打扮。

其二，在英梨梨和倫也的兩旁，有她的父母帶著滿面笑容守候著。

還有其三，當時，倫也那一套無論怎麼想都是隨口亂編的狂言妄語，其實都是「有憑有據的恐怖往事」……

「很好很好，倫也小弟了不起！不愧是短短三年就將我的御宅道完全吸收的天才兒童！他的夢想與才華至今仍在散發光芒吶……」

「沒有那種事啦！夢想就算了，他根本沒有才華！」

英梨梨倒不是沒有想過，與其傳授御宅道，還不如將外交官的本職學能灌輸給他，說不定連自身在內的所有人都會過得比較幸福。

「是嗎，那項計畫終於啟動了……加油，小倫。接下來要找個有本事的劇本寫手喔！」

「不不不，小百合，我們的英梨梨是原畫家耶。劇本就不必花太多力氣在上面，光靠角色設定和情境就十足有勝算了。」

「噯，我還沒有說過半句要答應的話……」

「……親愛的，你在講什麼啊？以文字冒險為前提的美少女遊戲，劇本擁有的影響力可是與插圖不分上下喔。」

「……媽媽？」

「……小百合，我才想問妳在說什麼吶？美少女遊戲的首要目的就是享受女孩子的可愛之處吧？要盡嘗那最高的滋味，劇本反而會礙事喔。妳一樣是繪師就應該懂吧？」

「……爸爸？」

「正因為我是繪師，才會深切體認到劇本的重要性啊！」

「話雖那麼說，美少女遊戲的銷量有九成是決定於圖像喔！」

「劇本不好的話，該廠牌下一部作品的銷量就會受到影響耶！」

「只要有好的繪師，劇本外包給免洗寫手就夠了！」

「眼光高的消費者不會看廠牌，而是追固定的寫手！像你這種只在乎萌的豬玀就是不懂！」

「小百合，像妳這種對劇本無比講究的刁鑽玩家，就是所謂音量大的少數吶，妳懂嗎？」

「等一下等一下等一下！你們夫妻倆別為了這麼不堪的事情吵架啦！」

「基……基本上，我又沒有說過半句要接下這份差事的話！」

父母差點因為太離譜的理由鬧翻，即時勸解的英梨梨為了讓兩個人都鎮定下來，便再次聲明自己的傲嬌立場。

「說～什麼青梅竹馬！說什麼互許將來的男生！他只是個宅氣沖天的臭男生嘛！我怎麼可能會陪他一起把社團搞好！」

「呃，你們在宅氣沖天這一點上面算半斤八兩吶，英梨梨。」

「對呀，能跟得上妳那種極端品味的人，我想頂多只有小倫了。」

英梨梨頑固起來的模樣太過樣板，做父親的跟做母親的終於取回了冷靜與護萌之心，就一邊對女兒的反應心花怒放，一邊給予吐嘈。

「我還是有朋友的啊！我從上高中以後就大把大把地在結交新朋友！所以過去認識的朋友早就忘掉了！青梅竹馬才不存在於我的歷史裡！我也沒有興趣！」

「……真的嗎？妳對青梅竹馬已經失去興趣了吶？」

「是啊！不可以嗎？」

「不，沒什麼不可以喔，但是英梨梨……」

「怎樣啦！」

「『妳啊，又走進青梅竹馬的劇情線了喔。』」

「…………咦？」

英梨梨朝著父母所指的方向……電視螢幕看去，就發現自己正從遊戲控制器下達指令，選擇了「去追優紀惠」的選項。

恰巧，那就是學園篇的劇情最高潮。

學生會長……不對，基於各種因素而揹起「自治會長」這種微妙職銜的女主角靜瑠，在正要貼向主角時，偶然被主角的青梅竹馬優紀惠撞見，當下玩家被迫要在跑掉的優紀惠，還有緊纏不休的靜瑠之間做出選擇。

「啊啊！不知不覺就這樣了！」

「呃，英梨梨，這不叫不知不覺吧……」

「基本上，在《琥珀色協奏曲》之中，攻略優紀惠的難度是最高的，在玩出那個選項之前，玩家連一次都不能選錯的說……」

「呃～那……那是因為……你……你們看嘛，我隨便選的啦……」

「英梨梨……其實，妳玩《琥珀色協奏曲》時，只有將優紀惠攻略完畢吧？」

「嗚……」

「還不只《琥珀色協奏曲》喔……基本上，妳玩每一款美少女遊戲都只有跑完青梅竹馬線，剩下就放著不管了……」

「別別別別說了啦！別把那些說出來嘛啊啊啊～！！！」

「咿……咿嗚……爸爸和媽媽都好過分……！」

「啊～沒有啦，妳說是吧？小百合？」

「對……對呀對呀，聽我們說嘛，英梨梨？」

「過分的不是妳那死心眼的脾氣嗎？」夫妻倆忍著想要說出口的這句吐嘈，並且好聲好氣地朝著終於哭出來的心愛女兒講話。

「英梨梨，來……來嘛，媽媽跟妳說。」

「我……我不理你們了！」

不，不只好聲好氣，連舉動與表情也一樣溫柔。

不知不覺中，兩人都露出了做父母的臉孔，疼愛著女兒。

「妳啊……要是永遠像這樣用哭來敷衍問題，遲早有一天會苦得更慘喔。」

「……咦？」

「英梨梨，我們跟妳一樣，也有發生過口角吶……」

他們一邊說，一邊喚醒投注於愛情結晶中的遠久記憶……

「記得那是從我跟親愛的開始交往算起，正好過了一年多的時候……」

「我們鬧了一點小誤會而發生差池。」

「兩個人都覺得『不想再理那種人了』。」

「我吶，賭氣之後就回國了。」

「我呢，賭氣之後也變得一通電話都不打。」

「那樣的日子，大概持續了半年左右……」

「跟妳賭氣的這幾年相比，或許那只算微不足道的時間。」

「可是，我們在那半年之間，心情簡直就像陷入地獄一樣吶。」

「爸爸、媽媽……」

「英梨梨……而妳，曾待過比我們更深更暗的地獄。」

「所以，妳是不是也該對自己坦率了呢？」

「即使妳有心爬到地面上，我想也不至於遭天譴喔。」

「……唔。」

英梨梨一邊用力擦眼淚，一邊仰望他們倆。

面對那小動物般的可愛模樣，做父親的以及做母親的，都硬是忍下想將其緊擁入懷的衝動，此時此刻，他們只是開導似的慢慢告訴她。

「英梨梨……我們如果沒有在一起，妳會覺得討厭吧？」

「……那樣的話，我根本就不會被生下來。」

「啊哈哈，也對……既然如此，妳得感謝我們兩個和好吶。」

「還有……希望妳在將來，也能讓我們寄予感謝。」

「……嗯。」

英梨梨擦掉眼淚，猶豫了那麼一會兒。

不過，她點了點頭，然後再一次拿起遊戲控制器，掩飾自己的害臊。

接下來，只剩床戲砍掉後補上的恩愛橋段，還有結局而已。

英梨梨將自己的小小決心，放到了結局後頭，並且按下按鈕。

「……話說回來，你們倆是為了什麼理由吵架的呢？」

「提到這個啊，妳聽我說，英梨梨！妳爸爸居然劈腿，同時跟留在英國的青梅竹馬還有我交往喔！」

「不……不是啦，我倒沒有那種意思，女方那邊卻有莫名其妙的誤會，跟她切斷關係費了我不少勁吶，啊哈哈哈哈……」

「啊啊啊啊啊別說了別說了別說了別說了啦啊啊啊啊啊～～！！！」

重來之後

「我問你喔～安藝，不，倫也。」

「…………」

「你所追求的我，是不是像這樣呢～？」

「…………」

「在動畫裡，在遊戲裡，呃，還有在輕小說裡，你理想中的女生……」

「…………」

「是不是這樣講話、這樣做動作？」

「……唔。」

「還有，是不是像這樣……呃，陷入戀愛的呢～？」

「不對……！」

「啊唔。」

啪的一聲，像是被拖鞋或摺扇敲到，有如爆笑劇音效的聲音響遍四周。

「不行，不行不行不行不行不行！講話的節奏、時機和情緒表達，統統都不行……！」

「好痛喔，霞之丘學姊……」

五月四日。黃金週假期僅剩兩天，晴朗和煦的春天午後。

於東京都內，坡道較多的住宅區。

在那之中，坡度最為陡急，通稱「偵探坡」的坡道中段。

有兩名女性正一邊留意不去妨礙來往行人及車輛，一邊演出爆笑劇……不，一邊做著樣似街頭表演的舉動。

「要開始嘍。第三十二次排演……」

「是～」

目前，聲音缺乏幹勁，不甘不願地準備要進行下一次排演的表演者，名叫加藤惠。

隸屬豐之崎學園二年B班，無主見，對社會亦無不滿，亦非話劇社成員，和演戲這門學問離得天差地遠，隨處都能找到一大把的不起眼高中女生（※此為作家的個人觀感）。

「預備……開始。」

還有，幹勁姑且不提，舉止如往常般冷靜地要求開演的演技指導者，名叫霞之丘詩羽。

隸屬豐之崎學園三年A班，無協調性，亦無社會參與意識，亦非話劇社成員（偶爾會參加），即使如此，對演戲這門學問仍可自成一格的作家兼高中女生（※Fantastic大賞得獎作品

《戀愛節拍器》也請多多關照）。

「我問你喔～安藝，不，倫也。」

「…………」

「你所追求的我，是不是像這樣呢～？」

「…………」

「在動畫裡，在遊戲裡，呃，然後是……」

「……唔。」

「啊，我想起來了，在輕小說裡～」

「不是叫妳嘴巴別打結嗎……！」

「啊唔……！」

詩羽手上用劇本捲成的紙筒，又敲出一聲清響。

曾於一天內將話劇社的劇本敲爛五冊，還趕跑三名社員的手勁依舊健在。

「先別提嘴巴打結，基本上，我從剛才就一直在要求吧，要確實抓準講話的節奏和時機。」

「所以我不是都有配合嗎……記得妳是說，要配合對方的呼吸對不對？」

為了防止詩羽搞破壞，惠目前連帽子都沒戴，還一邊撫摸直接受衝擊的頭，一邊用好似有些困擾的臉色看向詩羽。

假如這時候眼裡含著淚，或許還會被誇獎：「啊，剛才的表情能讓人萌得嚄嚄叫喔，加藤。」不過加藤惠這位三次元的女生就是沒有本事顧及那方面。

「與其說配合呼吸，不如說是配合心跳。在對方心臟跳動的瞬間，主動將定場詞秀出來是最有效的。」

「我覺得，自己算是有照著學姊吩咐的節奏來演……」

「一直保持開頭那種節奏是不行的。要逐漸加快才可以。」

「那樣的話，不會跟對方的時間點錯開來嗎？」

「不會，對方的心跳理應會越來越快……理由在於，妳賣萌的演技會讓人心動。」

「咦～」

「好了，立刻換場。第三十三次排演……」

「是～……」

惠發出了角色性稍微變得鮮明的洩氣聲音，一面又後退到定點。

她的穿著，並不是平時那種還算醒目，還算追逐流行，也還算時髦的風格……以御宅族來說就是跟三次元的打扮有所區別。

給人飄逸柔和印象的淡雅白色洋裝。

對整體白色調造成強烈烘托效果的紅色針織衫。

長度經過完美計算而呈現出絕妙絕對領域的及膝襪。
還有絕不能忘的，小巧地點綴在頭上的貝雷帽……則是如前面所述，仍拿在她的手上。
「預備……開始。」
「我問你喔～安藝。」
「『喔』不要拉長音……！」
「啊唔……學姊，話說妳之前不是都沒有糾正那一句嗎？」
目前，惠做了如此滿載二次元符號的打扮，由於地點不在秋葉原就顯得有點瞎，而且演技也還趕不上服裝。

「好，休息五分鐘……妳要利用這段空檔將台詞全部記到腦子裡。」
詩羽說完，就將瓶裝礦泉水遞給惠。
與親切的舉動呈對比，她的左腿始終抖個不停，如實表達出排戲至今累積的壓力有多人。
「啊，好的，謝謝學姊。」
至於惠這一邊，則是坦然接下了那瓶礦泉水，還顯得不以為意地用來潤喉。
當然，詩羽的精神狀態從那副態度就可以曉得才對，不過就算口頭上提起或畏畏縮縮，狀況也不會好轉，因此還是保持沉默吧……從惠的表情，看不出她是做了如此明智的判斷，或者只是淡定處事而已。

「情緒表達的缺陷差不多也該補上了。」

「可是我連節奏和時間點都還完全抓不準……」

「有什麼辦法。不在今天之內讓妳的演技成形，連假就要結束了。」

如同先前提到的，今天是五月四日。

黃金週假期只剩兩天。

而且，黃金週假期結束以後，倫也將會失去製作遊戲的挑戰權，惠幫忙打氣的意義也就不復存在……

「呃，能不能想辦法將大綱的截稿日延後呢？」

「這時候再給倫理同學寬限，他會一輩子也完成不了喔。」

「是那樣嗎？」

「談到愛拖的創作者，我比妳更懂……雖然說，我在業界出道的資歷也才一年……！」

「……霞之丘學姊？」

明明剛出道還沒有多久，就體驗過好幾次跟截稿日之間的壯烈對決，使得責任編輯常垂淚的新進作家霞詩子亦即詩羽，說到這裡便左右搖了搖頭，彷彿想抹拭什麼不愉快的回憶，然後再度用嚴厲的表情對著惠。

「所以嘍，接下來要進入將二次元符號融匯在內的演技指導了。」

「二次元符號……是指什麼樣的？」

「仰頭巴結人的目光，使壞似的笑容，聖女光輝，惡女的嬌豔……這些妳全都要納入戲裡，用聲音、用演技、用表情、用臉孔表現出來。」

「……呃～」

門檻一下子拉太高，使得惠的眼睛失去光彩。

假如她真的演得了那些，就堪稱角色性起死回生又飛昇成神的大躍進了。

不，既然神是無所不知且超越一切的存在，或許態度反而會變回淡定的調調。

「霞之丘學姊，那我倒想問妳，妳自己有能力演那樣的角色嗎？」

「這個嘛，只要我想就能演。」

「呃，我換個方式問喔。妳有想過要演嗎？」

「……妳問這個是要做什麼？」

「啊～話又說回來了，這篇劇本好棒呢～明明是演戲的劇本，裡面居然有選項。」

惠看了詩羽不爽的表情，大概就察覺到：「啊，踩中地雷了？」於是她巧妙而淡定地將話題轉移。

「唉，畢竟跟妳對戲的是沒有劇本的三腳貓演員。只好靠我這邊來彌補。」

「說真的，劇本這麼厚，一天背得起來嗎？」

說真的，因為厚度這麼厚，這疊紙捲起來打人有多痛啊？惠暫且保留了自己對此的感想。

「總之呢，妳現在先專心將主線劇情練到完美就好。」

「學姊說的主線，是指始終選擇『第一項』的這條劇情線嗎？」

惠拿到的劇本上面，有幾個段落用紅筆簡單劃了出來。

仔細端詳劃好的範圍，會發現那些全都集中於「假設選了第一個選項」的段落。

「只要妳完美達成我對演技的要求，他必然會照著我的預料做反應……換句話說，你們應該會走到這條劇情線才對。」

「……唔哇，別人的情感是這麼好操弄的嗎？」

「差不多，尤其倫理同學是條活在二次元萌系文化的豬，又盲信快樂結局，卻愛用倫理觀念綁住自己，所以會比其他人更好預測。」

「呃～霞之丘學姊，那妳有用那種方式操弄過安藝嗎……？」

「………………加藤，我再確認一次，妳問這些究竟有何用意？」

「對不起，剛才的問題煩請學姊當作沒有聽見。」

有別於髮色與絲襪的黑，惠感受到詩羽正要從身上噴湧出另一種黑，事情演變至此，她總算拋開了淡定的調調，急忙朝詩羽低下頭道歉。

「加藤，我問妳。」

「什麼事？」

兩人在坡道上，一面背靠停車場牆壁，一面仰望灑落春日暖陽的天空。

此時，讓她們頭痛的始作俑者（倫也），肯定沒有發現天氣如此暖和，還在電腦前抱頭苦思。

「所以說，妳怎麼會弄成這樣？」

「所以是指什麼？這樣指的又是哪樣……？」

「寧可放掉家族旅行，還不惜向沒多深交情的我們低頭，沒想到妳居然肯為倫理同學付出這麼多……」

「冷靜聽別人一說，真的會不曉得該怎麼回答呢。」

「……妳對他的什麼部分有好感？」

「倒沒有什麼好不好感的耶。」

惠的回答分不出是含糊或磊落，讓詩羽用了明顯有疑心的態度盯著她那讓人猜不透的表情。

「妳也不覺得反感？我倒認為憑他那種『德行』，就算被一般女生嫌棄說『好煩喔，連臉都不想看到～』也是難免的事。」

難道說，那是內心另有目的才會接近對方……呃，要問是什麼目的，可就無從想像了。

「即使有人那麼想，確實也一點都不奇怪呢。要說我沒有那種感覺就是騙人的了，應該說，那種感覺多得就像水母體內的水分……」

「那妳這是何苦？」

詩羽並未談及水母體內水分的正確數值，而是催她繼續說下去。

「哎，該怎麼說呢？我總覺得那似乎會很有趣。」

「……製作同人美少女遊戲會有趣？看在他人眼裡，那種御宅族品味即使被認為噁心到極點也是難免的喔。」

「以社會上的眼光來說，我打算做的事情，果然無法避免被那樣看待嗎？」

「妳連這都不曉得？」

「我根本連要做的是什麼都完全無法想像。」

「唉，一般女生應該是這樣沒錯……」

「即使如此，因為安藝似乎非常樂在其中，所以我才覺得，那肯定不會讓人無聊吧～」

「……只要不無聊，妳就願意跟任何人交往？難道說，只要不會弄痛妳，任何人都可以上妳這樣的女人？」

「抱歉，霞之丘學姊，妳剛才的發言差勁得跟安藝有得比。」

「應該說，我缺乏的是勇氣或主見吧～」

或許惠是稍微壞了心情……儘管從表情與態度看不太出來，經過無言的幾秒鐘後，眼看詩羽全無道歉之意，她就嘆了口氣繼續說下去。

「所以不管他是要玩樂團、練舞還是迷動畫，或許我都無所謂。」

前兩項與後面那一項的落差雖令人在意，但詩羽決定不吐嘈。

「可以從日常生活跳脫一絲絲的距離，同時又隨時都能回歸原本的生活……或許我憧憬的，就是那種不用負風險的刺激感吧。」

「想體驗刺激，簡單的方法還多得是喔？比如援○交○或吸食○品。」

「抱歉，請不要忽略『隨時能回歸』的前提條件。」

「太天真了，加藤。妳不懂御宅族的坑有多深。一回神，妳會發現房裡都被相關精品占滿，還換上賭死人不償命的裝扮在販售會走動，爭配對可以爭到跟身邊的女生完全敵對，落得被宅界中甚有地位，品格卻低劣至極的圈內渣男玩弄，結果一輩子都只能醉生夢死的下場……」

「啊～走到那一步以前，我會先做好隨時可以撤退的準備～」

說起來，能一輩子都過得醉生夢死，對當事人而言難道不是件幸福的事嗎……哎，姑且不論那在旁人眼裡會有多慘。

「何況，既然自己被他在乎到這種地步，再怎麼說都應該選一邊表態吧，妳不覺得嗎？」

「選一邊表態？」

「看是要退得遠遠的，還是對他留情面。」

「……………」

這時候，惠覺得自己從詩羽臉上，看見了從未出現過的神色。

「哎，正常來講應該是以九比一或者九成九比一的比例，會選擇退得遠遠的。」

「那麼，妳為什麼……選了比例一的那一邊？」

所以，惠實在是不敢問「不然霞之丘學姊，妳為什麼選了比例一的那一邊呢？」……

即使如此，那肯定沒有脫離問題的本質，唯有這點被她放到了心裡。

「我並沒有說自己選了比例一的那一邊喔。我確實被嚇到了。但是，還沒有到要退得遠遠的地步。」

「不然妳何必提出那種比喻？為人真不乾脆。」

「我從剛才就一直受到那樣的指正。」

結果，惠連「再怎麼說都該選一邊」的感情都無法在內心落定。

她既沒有成為百分之九十九的絕大多數，也沒有成為百分之一的絕對少數。

「所以嘍，在我決定要選哪一邊以前，還有一段時間……因此在做出決定之前，我打算試著陪陪他。」

「……果然，我就是看妳不順眼。」

「啊哈哈……」

所以，惠也實在不敢回答：「或許我也一樣，對學姊就是有點不適應。」……

「好了，時間寶貴，休息差不多該結束嘍。」

「是～還請妳多多指教。霞之丘學姊。」

「那種有口無心的語氣不像女主角，妳要記得改掉。」

「是～……是的，我曉得了。」

結果，詩羽在這十分鐘的休息內，沒能理解惠這個人。

還有，惠在這十分鐘的休息內，也沒能理解詩羽心底的想法……儘管某些明顯的部分還算好懂而造成了她的困惑。

「那麼在開始排演以前，加藤，我要忠告妳一句……或者該說是建議。」

「麻煩妳了。」

「假如妳真的想為他打氣。假如妳想支持他……就要讓自己戀愛。」

「咦～」

面對惠那種讓人想要用劇本敲下去大罵「連剛才說過的要點都遵守不了嗎！」的態度，詩羽硬是忍了下來，並且耐心地繼續告訴她：

「對象不用是他本人。跟他一樣，把二次元的他當對象就好。」

「……把安藝放進二次元，不會讓人覺得更煩嗎？」

「即使如此，把他當成自己在心目中描繪出來的理想對象，要戀愛就不成問題了吧？」

「難說耶？以往我對那方面的感受又不多。」

「不然，來試試意象訓練吧……加藤，閉上眼睛。」

「……好的。」

這次，惠用了坦率且比較像女主角的語氣，將眼睛閉上。彷彿被喜歡的男生拜託，才只好在對方面前那樣做。

「在心目中描繪『妳想要的男朋友』，然後朝著他訴說。」

「我想要的，男朋友……呃，那會是，什麼樣的男生呢？」

「能了解自己都沒有人願意一顧的本質，不會隨任何人的意見起舞，敢於堅持講究而不會走偏。」

「…………」

「棘手的是，他做的那些並非出於盲從或另有居心，又能讓妳相信他是由衷地讚賞妳……有這麼一個就算態度煩人，性格卻表裡如一，永遠都保持認真的男生。」

「…………」

「還有拿掉眼鏡就滿可愛的，令人不爽。」

「噗。」

「有什麼好笑的？」

「沒有……我在想，原來那就是學姊心中的『倫理同學』。」

「不，倫理同學是條軟腳蝦，他才不誠實，像那樣的男生最差勁了。我希望那種臭傢伙最好都去●。」

「……霞之丘學姊？」

惠慌忙將眼睛再次睜開，就發現跟之前閉眼時一樣，有片格外昏沉的黑暗擴散在眼前。

「那妳試試看吧，加藤。」

「好的……」

唉，剛才那一幕肯定是心理作用，惠如此說服自己，然後站到定點，悄悄地閉上眼睛。

從黑暗中浮現的，是符合她的理想……呃，不對，會覺得給予支持也無妨的男生。

「好久不見。我們……又碰面了呢。」

涼爽的風有一瞬間變強，恰好將惠的頭髮吹得搖曳生姿。

順著那陣風，理應於一個月前就謝了的瓣瓣櫻花，也在她眼皮底下，飄滿了整座坡道。

於是，惠掩著隨風流瀉的髮絲，朝著坡道下……理應有男生在的那處，低頭睜開眼睛。

「說起來，真的好巧耶。啊哈哈……」

當然了，在那裡才沒有現實中的男生，只有一面交抱雙臂，一面擺出嚴厲臉色的同性學姊，正從坡道下望著自己。

即使如此，惠仍朝著前方……朝著位於不同次元的男生，使壞似的訴說：

「咦？原來你認得我啊……安藝倫也。」

走下坡道，還作勢撿起帽子的惠……差一點就笑場了。

因為她無法想像……自己在將來，會像這樣稱呼他「倫也」。

然而，差點從喉嚨深處冒出的那股情緒，既非嘲笑，也非失笑。

那會是什麼呢？即使這麼問自己，結果也還是不明白。

不過那莫名的情緒，卻讓她覺得既開心，又愉快，好像還有種說不出的沒轍感。

「我問你喔，安藝……不，倫也。」

所以，對於直呼名字這一點，不協調的感覺正逐漸消失。

反正也無傷大雅。

而且……總覺得這很有意思。

「你所追求的我，是不是像這樣呢？」

眼前的倫也，臉頰變紅了。

惠一邊望著那副幻想中的表情，一邊在心裡湧出了說不出的「得意感」，以及另一種昂揚的情緒。

「在動畫裡，在遊戲裡，還有在輕小說裡，你理想中的女生……」

所以，惠逐漸投入於追求他的這齣戲。

不只拉近了距離，甚至也拉近彼此的次元。

「是不是這樣講話、這樣做動作……」

平時的自己絕不會用這種方式仰望人。

下定決心要撲進對方懷裡，委身於對方胸膛的逼真演技。

接著，則是趨近他……不，趨近自己的心跳，節奏變得越來越快的告白……

「還有，是不是像這樣，陷入戀……呀啊！」

那般的演技，情調跟之前截然不同，即使如此，詩羽還是用了捲起來的劇本「喊停」。

「好痛……痛痛痛痛痛，霞……霞之丘學姊？」

「……唔。」

而且，那還帶著明顯超越之前的猛烈手勁，以及怒氣。

「我……我覺得剛才演得不錯耶……有哪裡不合學姊要求嗎？」

「不行，不行呢……這樣會讓倫理同學完全淪陷。再演他不就愛上妳了嗎……！」

「呃，我們是為了什麼才努力到現在的啊？」

經過兩人於**那晚**的**選擇**

「呼嗯～～～……」

「怎麼了嗎，町田小姐？」

早上八點整。

和合市傑佛遜飯店的大廳。

完成退房手續，在咖啡廳裡一手拿可頌麵包，還一邊操作平板電腦的女性——

不死川書店Fantastic文庫的副總編町田苑子，在盼到身穿制服的高中女生出現於眼前時，就用了若有深意的賊笑目光看向對方。

「哎呀，妳的臉色還真是舒坦耶，小詩？跟昨天以前的愁雲慘霧感覺差多了。」

「我已經察覺妳想拿什麼當話柄了。因此，事到如今還用這種擺明要刺激人的口氣也沒有意義……」

「昨晚過得愉快吧～霞老師！喲喲喲！」

「虧我還特地做了親切的聲明，都說用激將法沒有意義了，為什麼這位責任編輯就是聽不進去呢？」

「還不就因為我所面對的，是個『明知遇到激將也無法沉住氣的女生』？」

「……唔。」

於是，被町田用不莊重的眼光尋開心的那個女生——

就讀豐之崎學園三年A班的霞之丘詩羽，亦即Fantastic文庫的人氣作家霞詩子，就如她所說地用沉不住氣的臉孔看過來了。

「基本上，毫不知會就將高中男女生送進同一個房間，我不認為這是成年人該有的行為。」

「可是我又不是教育者，何況我面對的是作家而非高中生，真要說起來要介意作家的私生活，根本有幾個胃都不夠用，再說有的人正是將那種極端思想活用於創作，拔了他們的牙反而就只能寫出毫無骨氣的書，我也希望妳能體諒二十多歲的獨身女子被夾在成年人常識與編輯野心之間掙扎的心境嘛～」

「抱歉，請不要隨口虛報年齡。就算我才十幾歲，在這方面跟我較勁也沒有用吧？」

她們倆在對嗆的……不，她們倆在議論的，是昨晚發生於這間飯店的事情。

這週末，町田和詩羽為了替霞詩子在Fantastic文庫的新篇故事取材，來到了新作舞台的候補地點，同時也是前作《戀愛節拍器》的舞台，更是詩羽出生故鄉的和合市旅行。

於是在第一天取材結束，兩人回到飯店在咖啡廳討論隔天行程的深夜時分，話題的中心人物

就出現了。

身兼詩羽的學弟、霞詩子的狂熱書迷、不死川編輯部臨時雇員的安藝倫也。

「總之，我和他之間沒有做過任何一件虧心事。被人想像我們有那種可能性，說來是令我遺憾、不快且有違本意的。」

而且，判斷不能棄他不顧的這兩個人，所採取的應對正如詩羽剛才所述。

「咦～小詩，可是他連能不能遇見妳都不曉得，就專程在雨中追來和合市了耶。甚至還錯過最後一班電車……」

「…………因為內容大綱的稿期是到昨天截止。」

「昨天他明明都沒提過半句跟那有關的話……」

「妳這○○編輯計較那麼多煩不煩。」

「哎，話說回來，他那邊的工作還真的有進展啊……聽到妳要跟TAKI小弟製作遊戲時，我還以為你們是做了什麼以物易物的交易。」

町田一面啜飲餐後的咖啡，一面仍對詩羽和那個學弟的關係顯得十分有興趣，就朝著她問東問西。

「請放心，新作這邊我絕對不會給公司添麻煩。還有請妳別偷渡那種影射成人關係的不當用詞。」

相對的，詩羽也一面嚐著沙拉，一面毫不掩飾煩躁地抨擊町田那種管人閒事的態度。

「啊～沒問題沒問題，新作這邊我不擔心。反正會出的狀況我處理時大多都有料想進去。」

「假如妳肯說『不擔心』是基於對我的信任，起碼還值得感激。」

被同學與老師說成「暗黑美女」、「黑長髮雪女」，冷靜冷酷得像是毫無感情而令人生畏的詩羽，面對在業界有〇年資歷，轉職過〇次，堪稱老江湖典範的「灰色地帶女強人」町田苑子，就體認到自己那種虛有其表的強悍全然不管用了。

「討厭啦～怎麼可能會有作家完全不需要擔心呢。基本上，對於能如期交稿又完成度高的『零事故作家』，工作的案子反而會被我們主動塞爆，會出狀況都是編輯自找的～」

「……往後還請貴社編輯部在期程管理上務求健全，以免讓我成為出事的案例。」

「小詩～這我當然懂。敝社於『不死川企業所能管轄的範圍』，都會將作家的工作量抓得剛好停在表面張力臨界值喔。」

「那就表示，當我這邊接到跟不死川『無關』的工作時……」

「哎呀～管到那麼多的話，就是只把作家當成自己出人頭地工具的惡劣編輯嘍～我就不一樣了。我不只是把作家視為創作者，更把他們視為人來尊敬、信賴、關愛……所以最後的判斷就要交給妳嘍，小詩。」

「妳在迴避問題對吧，剛才妳絕對是在迴避問題對吧，町田小姐？」

「要不要試著把一切交由我打理？那樣的話，首先我會讓妳的作品改編成動畫，然後爆紅給妳看。接著看是要進軍文藝界，或者直接留在娛樂界靠多媒體改編海撈，前途多彩多姿！我會把妳照顧好，讓妳在才華枯竭前都忙得半死不活，而且老後保證過得安穩喔。」

「……夠了，請妳閉嘴，早餐都要變難吃了。」

看吧，果真一點也不管用。

「話說回來，那位TAKI小弟終於變成創作的一方啦……有進展嗎？」

「哎，頂多就是內容大綱總算有個樣子出來了吧？照這種製作狀況來看，能不能趕上冬COMI都很難講……」

對於安藝倫也的另一面……部落格寫手TAKI的存在，其實町田知道得比詩羽要早。

圍繞在霞詩子出道作《戀愛節拍器》續刊刊行的一連串風波（漫畫版《不起眼女主角培育法戀愛節拍器2》有敘述詳情，望各位參考）發生時，從網上偶然循著書評所找到的宅系情報部落格裡，就有那麼一個既熱血又煩人的網路寫手。

「是嗎，要在冬COMI推出啊……真期待他會做出什麼樣的成品。」

「……他本人似乎就只有拚勁，結果大綱全是我寫的，人設則是全部推給柏木英理負責，他能將自己的色彩發揮到什麼地步仍是未知數。」

「不過呢，比起霞詩子和柏木英理聯手推出的神作，我倒是比較好奇TAKI糟蹋妳們倆做出的爛遊戲會是什麼模樣。」

「町田小姐……？」

詩羽那套包庇心理表露無遺，又滿懷愛情的貶抑詞似乎都被看透了，町田又使壞似的對她笑了笑。

「畢竟前者的內容和品質都能料想個大概，可是後者就完全摸不清會做出什麼了。」

「……的確，我也完全不明白成品是否會有趣。」

「更重要的是，我無法想見將來完成的會是不上不下的穩當玩意兒。」

來自町田的……來自專業編輯的期待之語，讓詩羽稍稍地向前挺身，稍稍地紅了臉，稍稍地帶了勁問道：

「町田小姐，妳認為他有創作的才華？」

「天曉得。」

「還說天曉得……」

而且，她的回答依舊敷衍，讓詩羽臉上露出了有一絲失望、有一絲憤怒，也有一絲鬧脾氣的表情。

「目前的話，我只能說『感覺不至於完全沒才華』。」

「那樣的評語似乎可以套用在所有有志創作的人身上呢。」

「那是當然的嘍～畢竟我還沒有看過任何一項出自他手中的『創作』嘛。」

這時候，町田擱在桌上的平板電腦畫面中，顯示的正是ＴＡＫＩ經營的網站頁面。

網站的更新在三個月前就完全停擺了。

「唉，以部落格寫手來說，他肯定屬於一流就是了……誰教他能讓讀者擺出這樣的臉。」

「唔……請妳不要戳別人臉頰。」

即使如此，那篇留在首頁的三個月前的文章，至今還是會讓詩羽，不，會讓霞詩子臉紅，讓她坐立不安，滿載著讓她表情惆悵的魔法字句。

在那個網站中寫得最長，也拿下最多點閱數的頭號文章。

……《戀愛節拍器》最後一集的感想。

「基調是找出作品的優點予以讚賞。絕不貶低。即使批評也會盡量尊重作者。點出問題之後還會以自己的想法提出備案。而且指正的地方都滿言之有物。況且於內於外都找不出任何一絲惡意。相對的，從中只能看見大把的熱情。還有這一點才是最要緊的，他沒有靠廣告抽紅。」

「呃，最後那一點跟寫文章的能力有關嗎？」

「……但是呢，只要懂得在社會上做人處事，要達到這種程度並不算多難。」

「是……那樣嗎？」

「時時惦記著自己希望被如何看待、如何感受的人，任誰都會培養出這一套啦。」

「……等等，町田小姐，難不成妳想說倫理同學很懂得做人？」

「哎～跟高中女生孤男寡女地過了一夜還什麼都沒做，由此不就看得出他滿社會化的嗎？或者說，女方都準備得這麼周全了，他還閃來閃去不就範，也許倒可以視為反社會傾向呢。小詩，妳認為呢？」

「乾脆去○算了。我是說妳，不是說倫理同學。」

此時，詩羽在心裡，當然也對身為當事人的倫也嘀咕了一句「去○」。

「就算這樣，我還是可以感受到他有類似創作者的光彩……」

町田探頭看向平板電腦，翻了翻ＴＡＫＩ的部落格隨意瀏覽。

「在他的文章裡，最有力道的就是那股熱情。」

……途中，她有好幾次停止捲動，一會兒苦笑，一會兒噗哧發笑，同時，還顯得有一絲呼吸困難。

「他那種讚賞能力，可以將閱讀文章的人拉進霞詩子坑。」

「雖然也無關緊要就是了，霞詩子坑是什麼名堂？」

「他透過那樣的能力，抓住了眾多讀者的心……用文章感動了許多人喔。」

「……哎，或許是那樣沒錯。」

讀完他那些文章，最受感動的大概是作者自己吧——詩羽一面心想這是否像話，一面曖昧地點了頭。

「所以，他肯定有寫東西的才華……然而，那樣的條件還不足以成為創作者。」

「妳說的是什麼意思？」

「畢竟……目前ＴＡＫＩ小弟，還沒有玩弄到讀者的心啊。」

「……啊。」

町田的那句話，聽在詩羽耳裡……聽在靠創作賺錢的老千耳裡，立刻就心服了。

「是虛構而非真實。是創作而非傳說。是算盡巧思而非耕耘出成績……假如ＴＡＫＩ小弟無法刻意去感動讀者，捧紅妳的這一炮就會成為他的絕響。」

「……唉，雖然有很多『自稱』的作家，真的是紅過一部作品就結束了。」

那在詩羽身上亦然，即使她有自信不落得那種下場，也拿不出憑據。

「目前呢，ＴＡＫＩ小弟只是照自己想做的方式去做，然後碰巧押對寶罷了。因為他太喜歡霞詩子……」

「唔……」

「噢，抱歉抱歉，因為他太喜歡霞詩子寫的『小說』，要這樣訂正才對。」

「我可不是對那句話起反應，從頭到尾我都是隨耳聽聽而已啊。」

詩羽的聲音莫名其妙地變調了。

「比如說，要是他拿到霞詩子以外，認識得並不多的作家筆下的作品，還能靠感想吸引到讀者的話，那才算是有本領……」

「町田小姐，那就叫隱性行銷了……」

「……好……好啦，我的意思就是要他培養出那種能耐，還有不需要依靠偶然因素的實力！他目前還是太潔白了。」

詩羽投以「妳做了那種事嗎？」的懷疑目光，町田則一面用誇張的態度虛應，一面佯裝不知地仰望天花板。

因此，實際上她有沒有做出那種事，沒有人知情……

「我會希望他厚黑一點……沒錯，就像霞詩子那樣。」

「感謝妳所認定的厚黑性格。姑且不論這是出自世上我最不想受指教的人之口。」

「我又不是在說妳黑心……我指的是作家風格之黑啦。」

「那並沒有否認到性格上的黑心對吧？還保留了微妙的認同語意對吧？」

「像霞詩子一樣，將本身的體驗或感情暗藏於作品，卻還是可以在故事的最後，實實在在地

寫出讓讀者滿足的情節，只要他培養出這種實力，就有可能脫胎換骨。」
詩羽投以「妳該不會是討厭我吧？」的懷疑目光，町田則一面用誇張的態度虛應……總之，她匆匆地繼續說了下去。
不過對詩羽而言，她談的內容，卻沒有像之前一樣容易消化。
「……請問，妳說的『在故事的最後』，是指《戀愛節拍器》最後一集嗎？」
詩羽的臉色，有了極盡微妙之能事的扭曲。
不知道町田是否明白氣氛突然轉變，不，她肯定明白，卻依舊滿不在乎地，拋出了無疑是發自編輯口中的話語。
「妳選擇了真唯。」
「唔……」
對於作家而言，說得好聽點，那是所謂「毫無忌憚的意見」。
……說得難聽點，則是詩羽身上，不希望事到如今還被人挖開的舊傷。
霞詩子的出道作《戀愛節拍器》共五集，帶著累積銷量五十萬冊的成績，在今年春天迎接了幸福的結局。

不過那「幸福的結局」，卻在輕小說界造成了一陣不小的漣漪。

在圈內，稱之為「戀節正牌女主爭議」。

「若按照最初的構想，被選上的會是沙由佳，實際上，妳寫的初稿也是那麼安排。」

Fantastic大賞得獎作品《戀愛節拍器》，原本應如新人獎的報名規則所載，是一集完結的完整故事。

登場角色之中，推動劇情的單純只有兩個人……男主角直人，以及女主角沙由佳。

而在第一集裡頭，描述了他們從相識到萌生淡淡的戀情，接著在經過差池後又青春洋溢地和好。

只看第一集，直人會跟沙由佳在一起是無從拆配對的既定路線，也有意見認為這篇故事不需要急轉直下或驚喜，不，甚至連續集都不需要。

「然而，我讀了初稿卻覺得不對勁……以作品而言當然是相當有趣，完全是『可以採納』的結局……」

然而，獲頒新人獎的作品才一集就結束，對作家及出版社來說都是不合道理的事情……

因此在重新「續寫」的第二集，便有新的女主角真唯登場。

於此同時，霞詩子並不希望讓她瞎攪和。

劇情並沒有將新的女主角寫成砲灰，也沒有讓她替沙由佳抬轎，更沒有讓讀者為她在戲裡的定位乾著急。

真唯坦率地跟直人戀愛。

真唯和沙由佳坦率地成了好友。

三個人為彼此想得越來越深，故事也就變得越來越糾結。

他們的想法既複雜又難懂，充滿了人味，活靈活現地互相交纏。

跟直人修成正果的究竟會是哪一邊……對此，已經沒有任何一個讀者想得通，最後的抉擇便委由作家本人來決定了。

……然而，經過第四集以後，詩羽還有町田其實都想通了。

「但是，我卻在想，還有沒有更合情理，更合乎迄今為止的劇情，最重要的是能將『全五集』的作品收得讓人心服口服的結局……」

在這部作品中，行動最自由的是真唯。

反觀沙由佳，從第三集左右就好像被綁住了，變得在壓抑自己的心情。

「我在想，妳是不是受限於『全一集』時的構想，而沒有看見讀者……沒有看見外界在當下所要的答案。」

從那個時候，在詩羽心中，對沙由佳的規範就明確成形了。

「沙由佳不會有這種算計的言行」。

「沙由佳不會這麼直率地表示心意」。

「她是個更刁鑽，個性畏畏縮縮，根本不可能將戀愛談好的陰沉女生」。詩羽如此定調。

因此，初稿裡「沙由佳從之前的態度搖身一變，將直人由真唯身邊搶走的結局」，看了只讓她們倆覺得不對勁。

或許那倒是和第一集的沙由佳相近。

然而跟第四集的沙由佳相比卻判若兩人。

像那種「角色成長帶來的偏移」，還要用幾集的篇幅才能回復原狀，已經無從想像。

「我從第五集定為最後一集時就想通了……對於這部作品所要的結局。」

「……可是，妳卻寫出了那份初稿。」

要遷就除了一個人以外的所有讀者，還是單單一個讀者？

要讓角色幸福，還是讓角色「裡面的人」幸福？

當時的詩羽做不出選擇。

所以，她才想將那個選擇，交由單單一個讀者做決定……

「不過，我還是改掉了吧？」

「所以那時候，妳身為娛樂界作家有了厚黑的成長……妳成了要推出新作，也能讓人安心把事情交給妳的招牌作家，霞詩子。」

儘管那個選擇，並非出於她本身流露的意志。

儘管她是被單單一個讀者拒絕，才只好做出故事所要的抉擇。

但是那消極的選擇……似乎為她帶來了一股力量。

「……妳是要倫理同學也變成那樣？」

透過目前正好就缺少那種力量的單單一名讀者……

「那樣的話，我會希望他務必也來Fantastic文庫寫篇故事。或許他可以寫出比妳更可愛的女主角……雖然在劇情面倒是未知數。」

「妳真敢說呢……」

當時，只有在這個時候，町田看不透詩羽的表情。

好似不甘心，又好似開心；好似焦躁，又好似欣慰。

而且，看了總讓人覺得……她好像在哭。

「哎，假如《戀愛節拍器》是文藝界作品，要走沙由佳的結局倒也可以。反正挑明了『作家的風格便是如此』就好啦～」

「……町田小姐，妳是對文藝界有仇嗎？」

所以在最後，町田稍微溫和地予以迴避了。

「要不然，下次我可以將妳引見給我們公司新設的『不死川M文庫』編輯部喔。先到那裡盡情寫些仿文藝作品，在將來以正統女流作家為目標也不錯啊。」

「請不要再增加我的工作。明明遊戲的劇本接下來才正要進入狀況。」

「妳想嘛～我管的就只有『不死川企業所能管轄的範圍』啊～」

「基本上，換成文藝界的話，直人被兩個女生甩掉的結局才是最討好的吧？」

「啊～那樣不錯耶～！那我立刻幫妳向M文庫的總編提企畫～」

「我講得夠明白了吧，拜託妳切勿不要。」

對方是詩羽最大的恩人，也是她唯一敵不過的人。

對方是町田最寶貝的人才，也是她唯一不敢凶的人。

兩人一面用有些彆扭的目光關懷著彼此，一面啜飲了變涼的咖啡。

「哎～幸好放晴了～」

「好熱……」

離開飯店，初夏的奪目陽光便照耀兩人。

「走吧，今天要先從主角等人就讀的學校開始取景喔。我們要在今天之內繞完市內的每一所私立高中，先敲定舞台的範本才行！」

「……昨晚，我在夢中曾經接到神諭：『第一間取材的學校最適合成為這部作品的舞台。』」

「好了啦～別在取材開始前就想要偷懶！」

「至少別搭公車，我們叫計程車好嗎？」

「不行，說不定也有角色是搭公車上學的，所以這也是不折不扣的取材項目之一。」

感覺鐵定能刷新今年最高氣溫的天氣，讓詩羽在動身前就有所怨言。

「可是，因為我昨天通宵寫大綱，途中或許會累倒。」

「那不是妳自己喜歡才接下的差事嗎？」

「我才沒有說我喜歡。像那種硬要拗人又不給回報的製作人，誰會喜歡啊……」

「可是我指的是創造作品……」

「我當然明白。對於那種製作人創造的作品，才沒有什麼喜歡可言。」

「…………」

「我說了什麼奇怪的話嗎？」

感覺她不只有怨言，還發起牢騷來了，不過那碼歸那碼……

「是是是，我懂我懂。那我們走嘍～」

「好乏力……」

即使詩羽之後還是會拋出怨言及牢騷，儘管如此，她仍跟隨著可靠的人生前輩而去。

「話說我剛才守在你們房間附近時，有聽見ＴＡＫＩ小弟發出超越人智的慘叫耶，妳到底對他做了什麼狠毒的事啊？」

「我要走了。我現在就走。」

阿宅光榮凱旋

「秋葉原到了……」

沒錯，那裡是秋葉原。

順帶一提，位置在JR秋葉原站電器街口。

若要進一步補充，則是出電器街口後拐彎向右，有鋼○咖啡廳及A○B咖啡廳林立（於二〇一五年目前）的廣場。

「我回來了……我回到這塊御宅族的聖地了～！」

而在御宅族之街中央呼喚御宅族之愛的女生……名叫波島出海。

到昨天為止，曾在人稱名古屋的大地方度過三年時間，然後隨父親調職而順勢搭乘頭一班新幹線踏入東京，對御宅族氣息感到飢渴的少女。

「UDX！Da○biru！艾○列秋葉原！都沒有改變呢！」

此時，她聲稱「好懷念」的建築物，其實在十年前都還沒有落成，這一點倒不是沒有襯托出就讀國中三年級的她有多年輕，以及這座城市的日新月異，但在此暫且就不談這些了。

活像鄉巴佬的她，對東京所說的那些讚美，在店家尚未營業的早上九點就要從秋葉原走路通勤的人們自然不會去介意……呃，即使介意也會一臉素不相識地匆匆離去。

是的，唯獨有個人例外……

「出海，妳對秋葉原還真有感情。」

「啊，對不起喔，哥哥。硬要你陪著我來。」

「無妨啦，反正在傍晚跟爸爸他們會合以前都閒著。今天一整天，我會奉陪到底。」

至於在御宅族之街中央擺出一副超現充模樣的男生……名叫波島伊織。

他跟出海一樣，到昨天為止曾在名古屋度過三年時間，從今天起就要改換頭銜為東京都民，是個和御宅族顯得毫無關聯的好青年。

「不用配合我也可以喔。哥哥，你對秋葉原根本沒有興趣吧？」

「呃……倒也沒那回事啦。」

「可是，我今天要去的全都是『那種』地方耶？」

「偶爾啦！偶爾來點新鮮的，逛逛『那種』地方也不錯。」

……至少在出海的認知中是如此。

「虎〇穴！Gam〇rs！S〇ft map！哎，好懷念喔！感覺一點都沒變！」

「虎〇穴在對面開了C店，Gam〇rs對面也蓋了無〇電會館啦。」

「咦？你說了什麼嗎，哥哥？」

「哎呀，我是說這些商家在名古屋也都有分店吧！」

「名古屋確實也有，不過總店就是在這邊啊，規模也不一樣，我克制不住感動呢！」

「……那真是太好了。」

「啊，對不起喔，哥哥。都是我一個人在興奮。」

「不會啦，那倒無所謂……」

「自安我〇拉麵！P〇ncho義大利麵！傳說的〇力丼飯！這一帶都是名古屋沒有的美食呢！」

「不，老店的話有雁〇，新店的話我倒是推薦炸牛排壱〇參。」

「咦？你說了什麼嗎，哥哥？」

「呃，這……這些店的熱量都很高，會發胖的喔，出海！」

「討厭啦，哥哥，居然對女生說這種話～」

「啊、啊哈哈，抱歉抱歉。」

沒錯，在出海的認知當中，伊織理應是個「秋葉原門外漢」，但他的身分其實是遠遠凌駕出海的超深度秋葉通。

伊織在秋葉原某間Live house算是有頭有臉的人物，跟某間女僕咖啡廳的成立也不無關係，還是某間業界人雲集的古怪酒館的常客，人面之廣可說不勝枚舉。

連他妹妹，連身為御宅族的出海也不曉得，自己的哥哥波島伊織有另外一張臉孔。

比出海更為資深，而且惡質，人稱投機客的卑劣御宅族才是他的真面目。

「那我們回車站那邊嘍，哥哥。過紅綠燈以後，還要去COMIC Z○N以及Mel○nbooks巡一遍才行！」

「哎，過紅綠燈之前，這條街還有Melo○books1號店就是了。」

「咦？你說了什麼嗎，哥哥？」

「沒有啦，我是覺得好像快跟不上話題了，啊哈哈……」

然而，伊織從出生到現在，都沒有對出海展露自己的另一面。

因此對出海來說，伊織依然是個既現充又吊兒郎當，卻也能包容自己這個御宅族的「溫柔哥哥」。

那象徵了他的虛榮，還是愧疚，或者說是戰略呢……能正確掌握到的，目前只有他自己。

※　※　※

「池袋到了……」

緊接著，那裡是池袋。

順帶一提，位置在ＪＲ池袋站東口。

若要進一步補充，則是從東口步行數分鐘，位於中池袋公園旁邊的大樓跟前。

「我回來了……我回到這塊少女的聖地了～！」

兩人在秋葉原晃了約一小時以後，並沒有等到店家的營業時間，就搭了山手線，來到店門剛開的這座建築物前。

沒錯，那裡是安利○特池袋總店（於二○一五年目前）。

對於靠女性向遊戲《小小戀情狂想曲》覺醒為御宅族的出海來說，真正的聖地其實不是秋葉原，而是這塊女性御宅族聚集的少女園地。

「哥……哥哥，我……」

於是，面對那真正的聖地，出海的眼神完全變了，不過狀似顧慮著哥哥的她仍目光游移。

「可以啊，妳就去吧，出海。」

然而，伊織這邊卻用了彷彿什麼都不懂的寬容語氣和舉止，輕輕地從出海背後推了一把。

……呃，雖然實際上他什麼都懂。

「對……對不起喔，我很快就會回來……」

「沒關係，我會找地方打發時間，妳逛完打個電話給我就好。」

「是……是嗎……那麼，我可以去嗎……？」

「可以啊，妳去奮鬥一下吧。」

隨著伊織說出那句話，直到剛才都目光游移的出海眼裡，便逐漸染上火焰的色彩。

她帶著下定決心的表情仰望大樓，雙臂奮力使勁，集中托高的胸脯就因而波濤洶湧……

「等我啊啊啊啊啊～！幹也橡膠吊飾～～！」

最後，伴隨如此意味不明的吶喊，出海就消失於店裡了。

「好啦……我也該走了。」

伊織用兄長的溫柔眼神目送妹妹出征以後，卻在下個瞬間，換上了跟妹妹同樣的戰士眼神。

「既然回到東京了，得籌措當下的活動資金才行……」

然而，伊織的戰場有別於妹妹，他並不是用消費者的身分戰鬥。

「○○○社團的ＳＣ新刊收購價開到八千。×××社團則是五千……那麼，在池袋能銷掉幾冊呢？」

沒錯，他接下來要去的地方，是K—B〇OKS池袋店。

將活動上定價幾百圓的本子用幾千圓轉售，甚或賣到萬圓以上，這是他以鍊金術師身分的戰鬥。

「東京就是好在市場規模夠大……定價的準確程度跟名古屋差多了。」

附帶一提，他能弄到那些本子，靠的並不是專程到社團排隊買下每人限購的冊數，然後再重排回購的土法煉鋼手法。

全力活用靠各種手段建立的人脈，在開場前問候先請攤主幫忙預留，甚至在本子送到會場時就直接整箱抽走，費不了多少工夫，性價比極高的珍品。

畢竟伊織的座右銘，就是以往鋼〇W某角色曾說過的「凡事都要優雅」……

※　※　※

「太好了～！不只徽章和透明資料夾，我連卡套都有買到喔！」

「是……是嗎……那太好了，出海。」

結果，他們倆離開池袋搭上電車，是在中午過了許久以後的事。

沒錯，因為他們倆熱衷於購物及售物，連午餐都忘了要吃……

「在名古屋的時候，即使發售日趕去也很難買到耶～開放訂貨很快就會截止，即使能買到也僅限一份。」

「是嗎，這……這樣啊……妳也真辛苦。」

「……啊，對不起喔。我又聊起這些莫名其妙的事情了。」

「呃，不會……」

出海所談的內容，對伊織來說確實有新鮮之處，也確實是莫名其妙。

然而，那跟出海所想的「讓人聽不懂意思」是截然不同的……

因為對伊織來說，御宅族商品是屬於「靠錢和人脈都弄得到」的貨色。

「不過像這樣買到認真想要的東西時，感覺果然好幸福喔！」

「是啊。」

「沒錯沒錯，這一切，都是託倫也學長的福～」

「……是啊。」

在御宅族的世界，出海接受的並非伊織，而是「他」的薰陶。

有想要的東西，就在規定的時間排隊，用正規方式預約，付正當的錢買到手。

萬一在正確規範下盡了全力，還是沒有買到，也要不死心地再接再厲。

不抱怨賣方，不在網路上散播壞話。

而且，絕對不跟以轉賣為目的的網路賣家打交道。

即使要跟別人交換，也都要以商品的正規售價為基準。

絕對不做無法讓製作者得到正當利益的交易。

由於堂堂正正，導致過程費事又令人不耐又勝算稀薄的那種戰鬥方式，看在伊織眼裡就十分愚昧。

可是……

「呵呵呵呵～買到了，買到了耶……」

「…………」

看出海像這樣，一臉幸福地將搜購而來的精品緊緊擁在懷裡，有時候，伊織會分辨不出自己抱持著那套觀念是否算幸福。

※　※　※

於是，當太陽西斜，並開始帶有一絲紅暈的時候。

「終於，我終於來到這裡了……東京Big Sight～～！」

「……是啊。」

兩人在臨海線的地下月台下車，從國際展示場站的出口，仰望著東京Big Sight的威容。

「從這裡看過去的景致果然最棒了，御宅族的夢想就在這裡……啊，哥哥對不起，你聽了完全沒有共鳴對不對？」

「啊，沒有……呃，或許我確實不太了解景致的動人之處。」

沒錯，對伊織來說，由此處看過去的景致確實不能引起共鳴。

……因為伊織來Big Sight的時候，絕對不是搭臨海線，而會利用百合鷗號的國際展示場正門站。

與其穿越地下的陰暗隧道，還不如從海上俯望台場的景致……具體來說，像富士電視台就是伊織的最愛。

畢竟「成為電視台製作人隨意做動畫」這個選項，同樣一直稱霸於伊織腦內對將來的展望。noitaminA萬歲。

「這裡的樓梯會通往西館四樓的企業攤位！這邊的入口是到社團攤位區！進去往左是東館，往右是西館！」

爬上西館樓梯，隨著展示館入口接近，本就興奮的出海講話音量也越漸上揚。

「喂喂喂，別用跑的啦，出海。」

「啊，對喔對喔……Comiket舉行時是不能跑步，也不能在電扶梯走路的對吧～」

「不，我談的不是那種期間有限的規定……」

即使伊織想勸出海稍微冷靜，她那高漲的熱情卻已經絲毫也無法消退。

然而，考慮到她這幾年來的處境，或許那也是理所當然……

「Comiket終於到了……就在下個月。我是用社團名義參加。慶典要開始了……！」

「這麼說來，是那樣沒錯。」

當波島一家人由於父親工作的因素，決定搬家到名古屋時，最抗拒、哭得最久、耍賴最多的便是出海了。

原本準備在隔年報考高中的伊織，所受的影響似乎比較大，儘管如此，他卻甘於在名古屋蟄伏一陣子，更可說是從容地接納了。

雖然說，當中有「反正東京隨時能來」這樣的餘裕、「先掌握地方都市也不錯」這樣的盤算、「何況，我剛好可以跟幾個關係變得難處理的女生斷絕往來」這樣的企圖存在，但這些暫且不提……

「倫也學長會不會來呢？我的同人誌，他會不會讀呢……？」

「……誰曉得呢。」

然而，只比伊織小兩歲的出海，就沒有那樣的覺悟、經驗與心機，剛入這個圈子的她，要跟唯一能一起聊宅界興趣的宅友（倫也）分隔兩地，所感受到的就只有哀傷而已。

……哎，對於那名男性朋友的好感，是否純屬同志之情，當時才讀小學的出海不可能明白，連伊織都微妙地做不出判斷就是了。

「倫也學長……你看，我來到這裡了喔。」

出海待在除了他們兄妹倆以外沒有別人的Big Sight廣場，仰望著天空，吐露出內心情念。

「我依然喜歡電玩，依然喜歡動畫，還一路從名古屋奮鬥過來了喔。」

雖然說，要是被普通人看見……那肯定是相當刺眼的一幕。

「我交了好幾個朋友，參加了好幾場小規模的活動，也出了好幾冊本子喔。」

不過在這裡的，只有自己人。

況且，只有御宅族……

「所以，學長絕對要來夏COMI喔……還有，請務必要讀我的同人誌……！」

因此，伊織望著妹妹略嫌刺眼地朝灣岸流露出來的詩意，也覺得有那麼一絲耀眼。

同時在內心，也對自己目前的卑微感到隱隱刺痛……

「……咦？」

這時候，伊織看向自己胸前，就發現口袋裡的智慧型手機從剛才就在震動。

看來剛才的刺痛感，與其當作感傷，似乎單純是震動功能造成的罷了。

「啊。」

而且來電的通話對象……

「喂，我是波島……」

「聽說你今天抵達啦？歡迎回來～」

可是會對伊織方才的感傷嗤之以鼻，並且人聲笑著用高跟鞋將其踏平的天才阿姨。

「妳的消息還是一樣靈通，朱音小姐。」

「是你在圈子裡太有名氣吧。從秋葉還有池袋都有風聲傳來喔。」

「不知道那該當成受歡迎，還是受排擠呢？」

「這個嘛，也許可以看成在女生間大受歡迎，在男人間大為感冒吧。」

「那麼，朱音小姐妳呢？」

「喂喂喂，我也是女生喔～」

「……感謝妳的抬舉。」

她名叫紅坂朱音。

作品一出就保證銷量破百萬的超人氣漫畫家，兼漫畫原作者。

此外，她還是看出伊織身為投機客的能力，而將他招入自家社團「rouge en rouge」擔任製作人的主導者。

再者，她更是從這次夏COMI開始，就會將社團交給伊織營運，正在策劃要將事業版圖做得更大的超級創作人。

「感覺你沒什麼反應耶～打擾到你約會了嗎？」

「……妳該不會正在看著我吧，朱音小姐？」

「錯在你自己要進入我的視線範圍內。」

「……請教一下，目前妳住在哪裡？」

「從上個月就搬來有明嘍～」

「…………」

仰望周圍，不知不覺中，這一帶已經有遠遠高於國際展示場的摩天大樓四處林立了。

儘管每一戶的地段與豪華程度，大概都能開到近億房價，但是憑她的財力，應該不會構成任何問題。

「所以說，怎樣？你現在帶在身邊的女生，就是之前提到的出色插畫家？記得她是叫柏什麼來著……」

「不是的，她是我妹妹。而且是親妹妹。」

還有那位插畫家也不叫柏什麼來著，而是柏木英理。

「什麼嘛，我本來還佩服你怎麼一下子就準備帶人上床談正事了，」

「抱歉，我說過旁邊有妹妹在吧？麻煩妳講話音量小一點，」

反正不管要講財力或任何條件，這位三十後女性的奇葩程度都無可動搖，從過去跟她來往至今的伊織對此明白到了骨子裡。

「也罷。記得你是說這次夏COMI就會把那個女生拉進社團對吧。到時要讓我看看她有多少本事。」

「敬請期待……雖然她跟我同年，畫出來的圖卻很穩喔。」

「喂喂喂，能力穩的創作者才沒有意思啦～找不到像怪物一樣，在表現上起伏比較大的貨色可以介紹嗎？」

「那種跟妳一樣的怪物，憑現在的我應付不來。」

「怎樣啦～你也夠年輕的嘛，別講那種無趣的話啦，伊織～」

「我正是因為年輕才有自知之明……對於自己『目前』的實力。」

「……哦～」

「哎，請妳再守候一段時間……我很快就會爬上去了。」

而且，受到她那樣的言行牽引……

不，伊織跟著同調以後，也逐漸取回平時的本色。

「我估計看看……從高中畢業以後，我也會住到有明的公寓給妳看喔。」

懷有下流野心的他，正逐漸露出立志成為最強同人投機客的臉孔。

「啊～憑你的條件，在我樓下就有住戶願意立刻讓你住喔。要不要我幫忙介紹？男生和女生你喜歡哪邊？」

「…………要被單一的女性綁住，目前我看還是免了，不，男性也一樣！」

「膩了再換不就行啦。投機生意就是這樣做的吧？」

「不，那叫吃軟飯才對……妳還是這麼勢利耶，朱音小姐。」

「平時都揚言要靠勢利成為日本第一的你，現在還說這種話？」

「身為御宅族，我只是不想輸給任何人罷了。」

沒錯，即使是好友……

「差不多要走了吧，哥哥？跟爸爸約好碰面的時間就快到了耶。」

「好好好～我知道啦，出海。朱音小姐，那我們再聯絡！」

於是，儘管伊織經過那麼一段濃密而厚黑的談話，卻在轉眼間就換回「被妹妹拉著團團轉的溫吞好哥哥」臉孔，急忙追到出海的後頭。

「這麼說來，不知道新的國中制服送到沒有？」

「開學典禮才會穿去學校吧？還有一個月以上的時間喔。」

「因為跟倫也學長見面的時候，我想穿去嘛！」

「啊～原來如此。」

「豐之崎學園在明天就要舉行結業典禮了對不對？表示說，我的機會只剩一天啊。」

「沒關係吧，放暑假以後，妳到他家問候不就好了嗎？」

「你都不懂耶，哥哥。我是妹系學妹喔。靠著校門柱子等學長出現，是必定要有的套路！」

「妳真的被倫也同學荼毒……影響得好深。」

「哥哥，話說你明天有什麼打算？」

「啊，我也準備去見個熟人……見我最大的敵人。」

「意思是，哥哥難得要去見男的嘍？」

「呃，我說出海……話是那樣講沒錯啦。」

好不容易將言行表達得若有深意，對完全不曉得背後因素又純真無邪的妹妹卻不管用，伊織微微地嘆了氣。

「算了，那我們回車站嘍，哥哥？」

「欸，出海，回程我們搭百合鷗號好不好？」
「那樣會繞一大圈耶？」
「即使讓爸爸稍微多等一下也沒什麼關係吧？」
從旁人看來，他們單純是感情要好的兄妹。
不，以本質而言，大概也是感情要好的兄妹。
只是，做哥哥的有一個莫大的祕密瞞著妹妹。

「倫也學長，你要等我喔……」
「終於可以跟你分勝負了，倫也同學。」

巧的是，他們倆在心裡都想著同一個人。
然而他們倆心裡的感情，卻正好相反。
妹妹帶著潔白的微笑。哥哥帶著黑心的笑容。
……儘管露出的表情像這樣形成對比，不知道為什麼，兄妹兩邊的眼裡卻散發著一樣炯亮的光彩。

寶貴的朋友、寶貴的阿倫

註一：

基於諸多因素，這段極短篇內含ＴＶ動畫《不起眼女主角培育法》Blu-ray & DVD的重大劇透。介意劇透的讀者請先欣賞過動畫第七集再行閱讀。

註二：

此外，「分不清除了美智留以外是誰在講話」的讀者，基本上對話都是按照時乃↓叡智佳↓藍子的順序進行，還請充作參考……

※　※　※

放學後照進音樂教室的夕陽，已漸漸令人體會到寂寥感的九月……

「離……離家出走～？」

……儘管如此，與那片陰暗相稱的寂靜，卻被迴盪四周的高音量徹底摧毀。

「噓！妳聲音太大了啦，小時！」

「可……可是可是！即使妳突然這麼說！怎……怎怎怎怎麼辦啦，美美！」

慌得挺像小動物一樣動來動去的，是個綁側馬尾的嬌小可愛女生。

椿姬女子高中二年五班，姬川時乃……伙伴們從她的名字，取了綽號「小時」。

「還能怎麼辦，在我們的樂團活動得到認同以前，我不會回家……這明顯是在阻礙我們『icy tail』稱霸音樂界！」

「單純只是妳跟父母處不好，別把問題推給我們啦～」

還有，接下來又有人發出較為尖酸冷漠的吐嘈。

「咦～不用把話說成那樣吧，叡智佳！」

「呃，我們又不是在做什麼偷雞摸狗的事情，基本上除了妳以外，大家早就得到父母的允許了。」

一邊用手肘拄著桌面托腮，一邊在雀斑臉上露出傻眼表情，短髮飄逸的女生。

椿姬女子高中二年一班，水原叡智佳……伙伴們從她的名字，取了綽號「叡智佳」……呃，這樣單純就是直呼本名耶。

「不要講得那麼無情嘛～！要四個人齊聚才是『icy tail』啊！」

「……嗯，美美說得對喔。」

還有還有，有一陣溫和的說話聲，柔柔地將現場的不和氣氛包裹住。

「藍……藍子……懂我的就只有妳了……！」

「是啊，所以妳加油吧，美美。我們會從彼岸朝著妳揮手。」

「欸！那不就表示妳們什麼都不會幫忙嗎！」

「是啊，毫無慈悲。」

儘管語氣如此溫和，卻一面講出頗為辛辣的內容，一面撥弄髮辮，魅力在於身上稍微有肉感的女生。

椿姬女子高中二年五班，森丘藍子……伙伴們從……呃，是的，伙伴們直接叫她藍子。

「我受夠了～！女人間的友情就這樣嗎～！即使我對人生絕望而自暴自棄，妳們也都不在乎嗎～！」

還有還有還有，從剛才就吵吵鬧鬧地跟她們三個起口角，講話語氣既活潑又有男生味還粗枝大葉的嗓音。

「啊，那樣才叫搖滾啦，美美。」

「沒錯沒錯，還會沉溺於毒品與性愛～」

「……只要不至於影響樂團活動，我對妳們的放浪行為可以當作沒看見。」

「妳～們～喔～！」

搬出一大串自說自話又自私自利的主張，遭到全面否定以後還一面惱羞地發脾氣，一面甩亂捲捲的短髮，魅力在於肢體如羚羊一般柔韌有勁的高個子女生。

椿姬女子高中二年三班，冰堂美智留……基於她本人的熱烈要求，伙伴們叫她「美美」。

而她們四個聚集在一起的地點，並不是東京都內的豐之崎學園……而是位於關東某縣的椿姬女子高中的音樂教室。

如同她們方才聊到的，這是在學校缺席了一陣子的美智留久違地來上學（已過中午），久違地參與課外活動的光景。

「哎，雖然我對美美仍然有一堆話想說，但還是得想想辦法才行。」

「也對～即使我們可以先靠自主練習撐一陣子～」

「……演唱會的約已經來了，一直沒辦法配合就不妙嘍。」

「我懂，我懂啦～！我會在一週以內設法解決！」

順帶一提，她們目前像這樣煩惱的問題是……哎，從隻字片語想必就能看出來，是關於樂團的活動。

她們進入這所學校就讀以後，時乃（小時）、叡智佳、藍子三個就組成了無名的女子樂團，美智（美美）留中途加入則是正好在一年前左右。

成員變成四人，還有在校內（該所高中為女校）人氣絕高的美智留擔任主唱，她們就替樂團取了「icy tail」的團名，並且在校慶的表演大舉成功而亮出成績，如今不只在學校裡出名，名聲更傳到了鄰近的Live house，一行人正跑在通往人氣樂團的路途上。

正因如此，在「打鐵趁熱！」的時間點，碰上這種關係到樂團活動存續的問題，事情便相當不妙了。

「呃，妳打算離家出走一個星期？美美，那樣會不會不太好啊？」

「在網咖之間漂泊也是有極限的吧～還是妳要去藍子家住？」

「……等一下，為什麼是我家？」

「妳……妳想嘛，住我的房間就會洩露出宅氣……呃，我是指東西亂糟糟的！什麼都亂！」

「從那方面來想，藍子就比較輕度……比較樸素，房間裡應該不會有一大堆東西散亂在地上嘛～」

「……未免對我太不禮貌了。在各方面。」

當時她們三個所談的內容，其實具有極高的劇透風險。

「啊～那不要緊。我先去阿倫家打擾了。」

然而，美智留光是自己的事情就煩不完了，對那些致命的談話細節都沒有多追究，一下子便忽略過去了。

只不過……

「阿倫？」

「那是誰啊？」

「……該不會是男的吧？」

「……啊。」

對另外三個人來說，就沒有道理用忽略來回應美智留的致命失言了……

※　※　※

「表……表親？」

「真的是男生耶！」

「……還跟妳同年？」

「欸，妳們怎麼會有那種反應～？只是親戚而已嘛。」

因此，她們三個就莫名其妙地像這樣大感興趣了。

「可……可可可是，你們同一天在同一間醫院出生耶！」

「每年會在親戚家一起過夜，還兩個人單獨在荒山郊外到處跑。」

「……據說還一起洗過澡。」

「咦～像那種小事，在親人間常有的吧～」

話雖如此，換成普通女生，光聽到美智留有個同年紀的男性表親，應該還不至於做出這麼誇張的反應。

只不過……

「才不常有呢，那樣早就進入個別劇情了啦。」

「插旗了喔，插得超穩的！」

「……那樣很明顯就是可攻略女角之一喔，美美。」

「劇情？插旗？攻略？妳們在講什麼？」

「啊，沒事。」

「這個嘛，呃～」

「……有話好說。」

她們幾個會表現出這種感興趣的特殊反應，當中有某個理由。

那就是……

「基本上，阿倫那傢伙居然囂張到考上豐之崎，還跟我剛才講的一樣是個御宅族，對那種扯到男女的話題根本一點反應都沒有～」

「豐之崎！」

「同時還是御宅族！」

「……哪裡冒出來的超優男友人選？」

「咦？」

「啊，沒事。」

「這個嘛，呃～」

「……有話好說。」

各位看官明白了嗎？

在東京都內的私立學校中，能讀到以公子千金居多而小有名氣的豐之崎學園，對她們來說，可是跟「御宅族」一樣出眾的頭銜，不，後者甚至冠上了「超優」的形容詞。

「我……我問妳喔，美美……所以，他長得帥嗎？」

「妳在講什麼啊？對方是御宅族耶，懂嗎？房間裡滿滿都是動畫跟電玩，還會在牆上到處貼海報。」

「呃，所以才要問嘛……沒有啦，我不介意那種事情！」

「……小時？」

椿姬女子高中二年五班，姬川時乃……其實是迷戀聲優（不分男女），每個月都要到宅系演唱會報到，亦即所謂的「聲優粉」。

「基本上～既然他跟妳是表親，其實長相就還算有看頭的吧？」

「哎，像在小時候，親戚還說他長得比我可愛，現在拿掉眼鏡也滿……可……可是我說過啦，他是御宅族，所以感覺對女生都沒有興趣。」

「那種事情沒見過面怎麼會曉得呢！讓他跟大家見個面嘛～不要藏私啦，美美～」

「……叡智佳？」

椿姬女子高中二年一班，水原叡智佳……其實正深深著迷於ｎｉｃ○直播的Ｖ家作曲者及歌手，還在○會議上差點被人帶回家，亦即所謂的「Ｖ家粉」。

「……來辦活動吧，美美。」

「等等，辦什麼活動？」

「……呃，好比說，聯誼之類的。」

「……藍子？」

椿姬女子高中二年五班，森丘藍子……其實在國中時曾痴迷某部講樂團的動畫，還透過網購買了一套數十萬的鼓，亦即所謂花錢不長眼的「膚淺粉」。

在此，有條祕辛要暗中告知讀者。

其實在場的樂團成員中，除了美智留以外都是串通好的……應該說，另外三個都是御宅族。

一年級時，碰巧讀同班的三個人，偶爾因為藍子掛在包包上的某樂團動畫角色吊飾而意氣相投，乃至組成了動畫歌樂團。

然而，明明只是以演奏自娛的無名動畫歌樂團，在身為校內人氣王，卻對御宅族文化極為生疏的美智留加入以後，樂團走向就微妙地出現了變化。

不，演奏的音樂走向是沒有改變，但她們不將自己演奏的曲目稱作「動畫歌」，還表現得就像普通女子樂團一樣……主要是在自家人面前。

「就算是御宅族也沒關係！我想見美美的表親！」

「讓我們見讓我們見～讓我們見阿倫～」

「聯誼，聯誼。」

簡單來講是怎麼一回事呢？就是對她們來說，有御宅族男生就讀於都內的貴氣私立學校，那無論以面子或興趣而言，都完全屬於這幾個女生的菜……

「等……等一下……妳們幾個是認真的嗎？」

「是啊是啊，完全認真！別小看女校跟男生認識的機會之少～」

「欸，並不是所有女校都這樣吧，只有我們學校才這樣吧？」

「聯誼，聯誼。」

然後，美智留身為當事人，面對她們那種出乎意料的攻勢也不禁苦笑……這倒沒有，起初她有了愣住的反應，接著就慢慢地顯露出疑惑……

「可……可是……小時妳不是說過，妳對總是一起搭同班電車的池永工業的男生有興趣？」

「這跟那是兩回事啦！跟男生認識的機會怎樣都不嫌多啊。」

「還……還有叡智佳！妳有男朋友了吧？妳不是還三天兩頭跟我們炫耀！」

「啊～他跟我只是普通朋友啦～……朋友交幾個都不成問題吧？」

「藍子妳也說過……妳現在熱衷於練鼓，才沒有空交男朋友……難道那是騙人的嗎！」

「……在玩音樂的過程中對更多事情產生興趣並不壞喔，美美。」

「呃，可……可是，所以說，那個……」

於是，朋友們施加的壓力似乎毫無緩和，美智留發青的臉色，便慢慢地染上紅暈……

「……我怎麼可能讓妳們見他嘛，胡說什麼。」

「「「啊。」」」

最後，她的情緒就靜靜地爆發了。

「說來說去，反正妳們聽到我的親戚是御宅族，就想找來玩弄看笑話對不對？是這樣吧？」

「咦？等一下喔，美美？我們根本沒有取笑的意思……」

「那很令人不爽耶……妳們對阿倫懂多少啊？」

「我……我就說了啊，沒見過面怎麼曉得……」

「或許妳們見了以後還是會取笑啊……或許妳們根本看不出阿倫的本質，還會因為他是御宅族就瞧不起他啊！」

「……咦？咦咦咦？」

儘管三個人都滿心想吐嘈：「在本質上瞧不起御宅族的是哪一邊啊……」可是在當下，她們都被不講理的怒火吞沒，連反駁都忘了，只能呆呆地望著美智留。

「不行，那樣不行。能取笑阿倫的只有我。因為那傢伙是我的跟班。」

「唔……唔哇……」

「基本上，阿倫的本質才不是那樣的喔。其實他很有骨氣，在出事情的時候是值得依靠的男生……像我就在那種狀況下，被他救了好幾次……！」

「是……是喔？太好了……」

「可是，妳們都不了解那些，又根本沒有見過阿倫，還講他的閒話……啊～我光想像就覺得有氣～！」

「……美……美美？妳冷靜點。」

「啊～夠了，妳們出去！讓我一個人靜一靜～！」

※　※　※

「怎……怎麼辦？」

「還能怎麼辦。」

「……只能等美美消氣嘍。」

跟音樂教室只隔了一扇門的走廊上，有激烈的吉他音色傳出。

像這樣，在放學後突然冒出的嘈雜中，被迫讓人從現場趕出來的三個女生，就偷偷摸摸地在走廊角落面對面，帶著為難的表情齊聲嘆氣。

「應該說，就算狀況不是現在這樣，離家出走也一樣不妙啦！問題可大了！」

「既然美美沒辦法參加練團，我們就等於停擺了嘛～」

「……抱歉，我這個團長只是掛好看的。」

沒錯，目前她們三個人能做的，就只有嘆氣。

畢竟從「icy tail」發起，變成四人團體後，她們表演幾乎全要依靠當主唱的美智留。

如今，與其說這是「沒有美智留就無法成立的樂團」，其實已經接近於「乾脆全交給她一個人就夠了」的樂團。

「我看啊，還是要設法勸美美，先讓她回家才行。」

「可是，我反而也想讓她跟男人住一陣子，看看事情會怎麼發展。」

「……那我或許有興趣。」

「不……不行啦！美美其實對男人根本招架不住嘛！」

「所以啦，她要是陷進去感覺就慘嘍～」

「……說不定會啟發出她在親熱方面的天分。」

三個人面對如此危機的狀況，卻讓人搞不懂是在擔心或起鬨地聊開了。

唉，或許那也是沒辦法的事。

畢竟（不只）這一次美智留擔在身上的問題，讓人毫無同情餘地。

她跟父母起衝突並不是現在才開始的事；離家後寄人籬下的男女關係，本來就是她自己說溜嘴才會鬧出這些風波。

對那個叫「阿倫」的同年紀男性表親也一樣，明明是美智留自己三番兩次嫌棄他是御宅族，一換成別人有話要講……還根本沒有瞧不起的意思，她就自顧自地想像，自顧自地發飆。

同時，還有一件事是連她們三個都不知道的，其實美智留曾經誇下海口，對那位「阿倫」說「要不要我介紹樂團裡的女生給你認識？」簡直是膽大妄為。

而她們幾個，對於美智留把表親當成私人物品的任性態度，所懷的感想是……

「不過呢，美美目前這樣……挺萌的吧？」

「超萌～」

「……很可愛。」

在動畫或電玩就有這種「平時個性粗線條，偶爾卻會露出純真少女的反應，喜歡動粗又對男主角死心塌地的親人型女角」，從中感受到屬性淵源的她們，心裡都開滿了小花。

※　※　※

「我……我跟妳說，美美。」

音樂教室的吉他演奏聲停下，是在三十分鐘後的事。

「在那之後，我們想過很多就是了。」

三個人戰戰兢兢地將門再次打開以後，在她們的視線前方，可以看見美智留依然手捧吉他，卻帶著比三十分鐘前爽快許多的臉色坐在桌子上。

「……無論發生什麼事，我們都會站在美美這一邊。」

所以，她們三個從美智留的那副表情得到了勇氣，便表達出自己的心意。

「妳在那個叫阿倫的男生房間裡，想住到滿意為止，也是可以的喔。」

「是啊是啊，妳就放膽去床震……不對，妳就放膽去打拚吧。」

「……一步一步地說服妳爸爸吧，美美。」

「事情照這樣發展會比較有趣，所以再觀望一下好了」——如此不負責任到極點的心意。

……不不不，不只如此，因為她們也覺得按照現狀，或許就能達成內心描繪已久的「真正夢想」。

對，要是美智留就這樣跟表親加深感情，還受了男方影響染上御宅族色彩，或許「icy tail」就可以轉型成動畫歌樂團，風光迎向事業路上的第二春……

「嗯，我懂了。謝謝妳們。」

她們那份帶有歪念頭卻又強烈的心意，終於讓美智留笑逐顏開。

「……還有，實在對不起喔。我也想向妳們道歉。」

那是受眾人盼望以及愛戴的，屬於英雄的笑容。

結果，對她們三個人來說，與其把冰堂美智留當成女生，還不如奉為神明、憧憬的對象……同時，更可以視為救世主。

「我要加油……無論得花多少時間，我都不會死心。」

「就是這股勁，美美！」

「妳不在的期間，樂團就交給我們！」

「……我一定會保住的。美美，我會保住妳的歸宿。」

所以，這次換她們拯救自己的英雄了。

彷彿呼應了那樣的心意，四個人自然而然地圍成一圈，將手掌交疊，像演唱會上台之前一樣為彼此打氣。

「嗯，我會辦到的……看著吧，我絕對要讓阿倫成為現充！」

「「「……啥？」」」

……於是，在下一個瞬間，原本教室裡應該要響起眾人的喊聲，不知為何卻有陣微妙的寂靜降臨了。

「然後……在他變成無論要見誰都不會丟臉的男人以後，我一定會介紹給妳們認識！所以要先請妳們等等嘍！」

「不……不對不對不對……」

「錯了吧，那樣完全錯了吧，美美……」

「……要讓妳爸爸認同練樂團的事情呢？」

「哎呀～現在重要的是我跟阿倫的事情吧！畢竟住一起的話，就必須認真考慮彼此在各方面合不合得來啦～」

「「「…………」」」

隨後，換成真正的寂靜降臨了。

即使如此，我們這位比平時更堅強帥氣，講話又不長眼的英雄美美，還是使勁握起拳，豁足了勁立下誓言：

「告訴妳們，我會辦到的……我絕對要讓阿倫脫處……不對，我絕對會讓他脫離御宅族給妳們看！」

「剛才妳本來打算說什麼啦，美美！」

故事就此完結，友情從這開始

「惠，妳能不能擺個表情？」

「呃，要哪種感覺的呢？」

「這個嘛，透過男主角的活躍，世界驚險地免於毀滅，不過城市還是陷入頹圮狀態。在那般情況下，一直在尋覓男主角的妳終於找到他了，任由吹上來的風拂過身體，並且一邊從坡道上俯視，一邊浮現滿面笑容的那種感覺。啊，當然眼睛要能感覺到淚水即將盈眶！」

「呃，這話我好像會重複好幾次耶，妳何苦對外行模特兒做那麼複雜的指示呢……」

「等一下！就算表情沒得救，起碼將頭髮顧好嘛！這一幕是涼爽的風從坡道吹上來，讓巡璃頭髮隨之飄逸的重頭戲耶！」

「英梨梨，說我表情沒得救會不會太過分了？」

十月下旬的星期日。天氣晴朗宜人的秋天午後。

東京都內，坡道偏多的住宅區。

在那之中坡度最陡，通稱「偵探坡」的坡道上頭。

有兩名女性待在那裡，一邊留意著不去妨礙行人及車輛，一邊演出爆笑劇……不對，她們疑似在素描。

「哎，總之這時候要擺出最棒的笑容。惠，畢竟妳是……」

「第一女主角嘛。我曉得啊，英梨梨。」

方才，講話聲音乏力，態度卻又顯得有一定的拚勁，還將頭髮往上撥並擺出姿勢的模特兒，名叫加藤惠。

隸屬豐之崎學園二年B班，內心有主見微微發芽，對社會依舊別無不滿，而且並非美術社的一分子，卻隸屬於遊戲製作社團，不起眼歸不起眼，但肯定能歸類為美少女的高中女生。

「好，稍微收斂笑容。然後呢，將溫柔與惆悵感加強一點。」

而朝著微妙地積極配合的她，正一面下達瑣碎指示，一面提起鉛筆作畫的繪師，則是澤村・史賓瑟・英梨梨。

隸屬豐之崎學園二年G班，廣受歡迎，社交力充沛，甚至被捧為美術社王牌，全校第一的美少女暨全校第一的富家千金……同時卻又醉心於十八禁同人創作的插畫家兼高中女生。

約半年前才認識，約一個月前才直呼彼此名字的這兩個女生，目前是秉著她們在同人社團「blessing software」擔任第一女主角及原畫家的合作關係，正在製作劇情事件的原畫。

由惠擺姿勢，再由英梨梨將那轉為二次元。

而她們倆想要製作的構圖，是劇本負責人霞之丘詩羽（前些日子才終於）寫好的第一條劇情線……通稱「巡璃ＥＮＤ」的最後一幕。

「對對對，感覺不錯。惠，妳扮起二次元的表情也變得有模有樣了嘛。」

「……我不曉得自己該高興還是該嘆氣耶，英梨梨。」

「哎，以第一女主角來說是可以抬頭挺胸的吧？以女生來說，評價就相當相當微妙了。」

「那樣的話……呃，好難回應喔。」

就算彼此是好友，仍知分寸的惠硬是忍下了「被樣板到可以當傲嬌界表率的英梨梨這麼說，我也覺得非常非常微妙耶」這句要命的反擊，並且讓差點黯淡的眼神恢復光彩。

「惠，可是妳想嘛，以前妳不就真的完全不會做表情嗎？我在設計人物時，還差點放棄妳了喔。」

「啊～也是有那麼一回事～」

那是社團成員總算找齊，遊戲開始製作的初夏時分（動畫第五話）。

在學校的視聽教室，她們像現在這樣面對面，要為第一女主角加藤惠……叶巡璃設計人物造型的時候。

「妳終於破殼而出，是在六天馬購物中心那一次……」

「……抱歉，英梨梨，我只希望妳不要再提到那時候的事。」

「對～對～對～就是那副表情！……不過妳現在擺那張臉就讓人頭痛了，改回來。」

「啊～等我一下。一旦把事情想起來，我需要花點時間才能忘記。」

還有，那是發生於遊戲剛開始製作，就在大綱階段突然觸礁的梅雨季裡放晴的日子。

惠原本是跟社團代表（倫也）一起去逛購物中心才對，卻莫名其妙地像現在這樣跟英梨梨面對面，還讓她替第一女主角叶巡璃……替加藤惠將「惱怒表情」定稿的那一天。

「可是啊，惠，結果前陣子辦集宿時，妳還是擺不出喜極而泣的表情耶。」

「那是因為妳素描到一半就變了臉色跑掉嘛，英梨梨。」

「唔……要不要休息一下？一旦把事情想起來，我需要花點時間才能忘記。」

還有還有，這次她們提到的，是在社團成員增加到五個人以後，沒隔多久的前些日子。

為了取景而到蓼科高原舉辦集宿時，她們倆依然像現在這樣面對面，要替第一女主角加藤惠亦即叶巡璃畫劇情事件ＣＧ那一次。

無論在互道姓氏的時期。還是在直呼彼此名字以後。

她們倆講話，總是隔著素描簿。

即使距離再怎麼接近，也會隔著一張紙。

即使距離再怎麼遠，與對方也只有一紙之隔。
於是，有些刻薄的女生，以及反應有些淡薄的女生。
分別變成了有點窩囊的女生，以及有點吃苦耐勞的女生。
隔著一張紙，她們成了對彼此不用客氣，還會用名字相稱的好友。

※　※　※

「……呃，畫成這樣會不會太美少女了點，英梨梨？」
隨著英梨梨宣布休息，惠站到畫架前面看了自己的肖像畫，就感慨地吐了氣，再伴以少許的嘆息，將罐裝咖啡啜飲入口。
「惠，可是妳的顏值其實超高的嘛，不是嗎？」
惠那種有點不敢領教的態度，讓英梨梨自信滿滿地一面誇耀自己的成果以及模特兒的素質，一面將瓶裝檸檬茶一舉灌進喉嚨裡。
「妳作畫可以不用特地對我客氣就是了……」
「就是沒有對妳客氣，我才會用『顏值超高』這種不長眼的形容詞啊。」
「咦～所以那其實是在虧我嘍？」

先不談她們倆對於惠長相的見解，對於那幅完成的線稿，雙方評價似乎就是一致的了。

……這表示，英梨梨筆下的惠，不，筆下的巡璃，畫得既美又可愛，而且萌得足以放在遊戲的結尾。

「我啊……不會對需要特地客氣的人，講出『顏值超高』或『美到不行』之類的話。我才不會給出那種極端的評價。」

那幅畫，就是畫得那麼棒。

棒得足以從中看出，繪師對於模特兒的感情……

「是那樣嗎？」

「嗯，就是那樣。我不會對人有好愛、好恨、或者超讚的想法。表達出自己有那種想法，對我也沒有益處。」

「跟朋友來往……需要考慮到益處嗎？」

「對我來說，原本是那樣的……起碼在這幾年都是那樣。」

「英梨梨……」

豐之崎學園兩大美女，檯面下的霞之丘詩羽，以及檯面上的澤村・史賓瑟・英梨梨。

相較於被捧在檯面底下，基本上對任何人都一樣黑臉黑心黑肚腸的詩羽，被捧在檯面上的英

梨梨，背後可是有更為多元的面孔。

她一方面是有禮不分對象的富家千金，笑容親切耀眼的美女，充滿實力的業餘畫家。

另一方面，她也具有對特定人物就會固執過頭的自爆型窩囊性格，傲嬌反應樣板到瞎死人不償命的金髮雙馬尾及膝襪屬性，更是滿載妄想而不健全至極的情色繪師。

「像我這樣會很奇怪嗎？」

「還不到奇怪的地步，可是從平時在社團裡看見的英梨梨，看不太出來會有那樣的想法。」

連她本人都分不出那兩種心靈層面何為表、何為裡，然而兩者絕不會相互摻雜，造就了兩位澤村・史賓瑟・英梨梨。

對已經跟屬於後者的英梨梨來往半年以上的惠來說，偶爾在學校裡見到屬於前者的英梨梨，甚至會有嚴重得足以導致目眩的異樣感湧上心頭。

「也對……現在來想，或許我是將形象營造得太誇張了點。」

「啊～說不定有喔。」

就算彼此是好友，仍知分寸的惠硬是忍下了「呃，太誇張是指哪一邊？」這句把事情說破的大白話，並露出看似為難的笑容。

「或許，我並不用扮成那麼極端的千金小姐……只要稍微表現得像個普通的女生，稍微克制對宅系話題有興趣的反應，稍微拓寬自己身邊的生活圈就好了。」

「………」

英梨梨口中的「或許那樣就好了」，是在對哪一段時期吐露悔意，惠聽了並不明白，她也覺得自己似乎不應該明白。

所以，惠刻意不回話，只是讓咖啡的苦味在口中打轉。

「啊哈哈……聊剛才那些，總覺得還是不像普通女生在對話。」

「哎，就是啊……妳跟霞之丘學姊講話時，明明會更自然的說。」

「因為我真心討厭那個女的！我只是克制不住自己憤怒的本能罷了！」

「啊，之後要接『妳可別誤解喔！』對不對？這我曉得。」

「不用學那種傲嬌的套路啦！」

就算彼此是好友，仍知分寸的惠硬是忍下了「看吧，妳剛才講話有夠自然」這句把事情說破的（以下略）

「可是呢，我覺得霞之丘學姊在本質上，是妳的伙伴耶。」

「別說了別說了，我要起雞皮疙瘩了啦！妳看這邊！雞皮疙瘩都在第一時間陸續冒出來了！」

雖然說，惠刻意不去確認英梨梨那細細的胳臂是否真的起滿了雞皮疙瘩。

即使如此，從英梨梨對詩羽做出的那種樣板傲嬌反應，惠無論如何就是會覺得，當中包含了某種愛。

而且她覺得，詩羽對待英梨梨也同樣懷有某種愛……

「妳們最近似乎很要好，不過彼此要是太親近，之後也許會萬劫不復呢。」

對於惠來說，幾天前（動畫十二話）才從詩羽口中聽見的那句警告，也像是她表示關心的方式。

……附帶一提，詩羽關心英梨梨好像明顯多於惠，有鑑於這可能是本身的被害妄想，她決定忘了那一點。

「她是不是伙伴都無所謂啦。惠，反正我有妳當伙伴了啊。」

「呃，可是我覺得伙伴越多越好耶。」

「不過，假如一下子有許多伙伴跟自己作對，會更困擾吧？」

「這……」

「我有過那樣的體驗。所以，真正的伙伴可以盡量少一點。」

「唔……唔嗯～英梨梨，總覺得妳想得好深耶。明明做反應就那麼單純。」

「我看妳就是一派自然地在找碴吧，惠。」

而且這兩人在幾個月後……呃，沒事，請不要在意剛才差點談到的題外話。

「惠，總之就是因為這樣，我對妳是不會有顧慮的。」

英梨梨將寶特瓶的最後一口飲料灌進喉嚨後，朝著惠笑了笑。

那副笑容，有別於表面上通用於各種場合，卻毫無力氣及心意的笑；也有別於私底下滿載著符號性，卻總是白費力氣與心思的笑，既自然又放鬆，而且淡定。

「妳超可愛的。還有妳超淡定，又超難應付。」

換成平時，感覺那似乎是惠才有的笑容。

「唔哇～聽了讓人超不爽的～」

「啊哈哈，妳講話超沒有心意～」

「咦～我超受打擊的耶～」

「好了！那麼休息時間結束。接下來我要上色，再麻煩妳擺姿勢嘍，惠。」

「嗯，我明白了，英梨梨。」

所以惠也比平時更進一步地，用了超出平時的燦爛笑容回敬。

※　※　※

「噯，英梨梨。」

「嗯～？」

接著，在英梨梨這次拿出畫筆過了三十分鐘後。

她始終不動口，手卻畫個不停，惠大概是對如此緊繃的時間感到有些疲倦了，就戰戰兢兢地開口。

「這款遊戲完成以後，英梨梨有什麼打算？」

「這個嘛……先辦慶功宴吧。在每一桌都有廚子伺候的餐館大啖神戶牛鐵板燒，然後到高級飯店的甜點自助吧滿足專門裝甜食的胃，再直接去飯店的套房辦睡衣派對怎樣？社團代表當然就不用出席了，負責出錢就好，大致像這樣吧。」

「呃，我不是那個意思耶。」

惠把英梨梨那句顯然沒動腦的回答擱到一邊，並且用較為正經的表情繼續說：

「社團活動，妳還想繼續嗎？」

「咦？」

「妳還會想跟安藝一起做遊戲嗎？」

「惠……」

此時英梨梨動筆的速度才終於變慢了一點。

她迅速來回於惠與畫布之間的視線，放緩了一點，而且游移起來。

「『blessing software』這個社團，會維持多久呢？」

在英梨梨游移的眼睛裡，映著另一對比英梨梨更加游移的眼睛。

「這是只經營到安藝實現夢想為止，出完一部作品就告終的社團嗎？」

「要有露出滿面笑容的感覺。眼裡則要有淚水即將盈眶的感覺」——面對這樣的要求，以笑容來講差不多有八十分，在複雜方面卻接近滿分的表情。

「其他人對於這個社團，都沒有抱持夢想嗎？」

「哎，冰堂美智留看起來是沒有，連一丁點都沒有。」

「啊……啊哈哈……」

「至於霞之丘詩羽……那傢伙本來就不是將目的放在製作遊戲。她是為了實現更加不純、邪惡、恐怖的慾望……」

「英梨梨，那妳呢？」

「我嘛……」

不知道是因為惠的表情就快要大幅脫離所要求的感覺，或者另有理由。
英梨梨在不知不覺中，已經將筆停下，還直直地望著惠的臉。
「不純也好，純粹也好……英梨梨，妳呢？」
「連第一款作品都還沒有完成，就要談以後？」
「畢竟，現在做的遊戲，我又沒有幫上什麼忙。」
「光是能成為『契機』，地位就相當重要啦……無論事情緣由有多愚蠢。」
「不過那既不是我出的力，也不是出於我的意志。」
「……加藤惠身上『不具自己的意見，只是隨波逐流』的個人特質到哪裡去了？」
「呃，那樣不叫個人特質，而是結果論啊。應該說，我認為現在是滿正經地在談事情耶。」
「不，可是……惠，現在的妳與其說是巡璃，我總覺得更像瑠璃喔。」
「我希望妳不要分不清楚正經和病嬌。」
從惠那種意外感傷的言語及態度當中，比起男主角今生的同學，英梨梨感受到了更多在前世唸著「不愧是兄長大人」的妹妹影子。
呃，或許範例台詞的內容稍有差別，在這方面請莫介意。
「隨著遊戲逐漸接近完成，總覺得我就慢慢有了這樣的想法……我在想，自己是不是有更多辦得到的事呢？」

從坡道底下吹上來的風，讓惠的頭髮，還有裙襬搖曳生姿。

「像英梨梨畫圖一樣，像霞之丘學姊寫劇本一樣，雖然我並沒有妳們那種特殊的能力。」

那一瞬間，實在太像劇情事件的ＣＧ，然而英梨梨看了也只是將那一幕烙進眼底，並等待惠要說的話。

「可是，任何人都辦得到，又非得有人去做的事情，把那些全交給安藝處理，也開始讓我覺得沒意思了。」

「他做的那些，幾乎都是雜務喔。」

「做雜務也是很開心啊。」

「惠……」

那樣的構圖與表情，十分有女主角架勢，結果，從惠口中說出來的話，頗有路人感。

「在各種雜務累積起來以後，看著東西逐漸完成的過程，以成果而言還滿讓人雀躍的喔。」

所以事到如今，英梨梨也搞不懂，她在社團的立場及重要性到底是高是低了。

負責雜務，又擔任要角，又是助理，又是幕後黑手，又缺乏存在感，所以才位居中央。

而且，還是「那傢伙」最看重的……

「……與其想那些，妳現在應該要全力投注在第一女主角上面。」

「英梨梨……？」

「這項工作，可不是像妳那樣分心在其他事情上面也能做好的喔。」

結果，惠對「將來」提出的疑問，英梨梨設法敷衍過去了。

如此「逃避」象徵著什麼，又是從何而來的感情，或者純屬無心之舉，連英梨梨自己也不太清楚就是了。

「要更加笑容滿面！要哭得更表情糾結！將喜悅、想念以及所有的情緒表露在臉上，將台詞說出來！」

「好久不見。我們……又碰面了。」

那句台詞，英梨梨還沒有指定，就從惠口中冒了出來。

而且惠那時候的表情，正是英梨梨要的，不，比她要的放了更多情緒在裡面……

「好，妳就保持那副臉孔不要動，惠！」

「要……要保持多久呢？」

「我想想……至少再一個小時！」

「咦～」

英梨梨再次提筆以後，就用了快得連眼睛都看不清的速度在畫布上揮灑。

之後，無論惠朝英梨梨說什麼，她都沒有再作回應。

那副表情，跟現在的惠不相上下，顯得既開心又難受，美麗而討人喜愛。

所以在惠看來，那樣的英梨梨讓她羨慕，也讓她感到炫目。

比起那種美，那份專注更能打動她……

※　※　※

「畫好了～！」

「呃……那……那麼，英梨梨？」

「嗯，妳的表情可以變回來了喔，惠。」

「呼……呼啊啊啊啊啊～」

……結果，英梨梨下達「至少要一小時」的命令，相當忠實地獲得了遵守。

從那句話說出來的一小時又十五分鐘過後，英梨梨將右手連同畫筆高舉向天。

緊接著，惠的全身就軟趴趴地逐漸癱倒在地上。

「嗯，這畫得很棒，連我都覺得是超級傑作！欸，妳來看嘛，惠！」

「稍……稍等一下。我現在就過……唔哇。」

英梨梨彷彿連等待對方站起來的時間都捨不得，就把剛剛完成的畫從畫架拿下來，然後亮在惠的眼前。

「這……明明模特兒是我，卻畫得超棒的耶～」

「因為模特兒是妳，才畫得超棒啊。」

「啊哈哈。」

「對吧～？」

儘管在旁人聽來，只會覺得是自家人盲目地互誇。

但是對目前的她們倆來說，卻完全不明白那有什麼問題。

但是，那是真的沒有問題。

畢竟實際上，那張畫就是只為自家人畫的。

「好了，辛苦妳嘍，惠……這是給妳的禮物。」

「咦，什麼禮物……？」

「生日。」

「啊……」

「對不起喔，晚了一個月……其實我直到這陣子，才曉得惠的生日是哪一天。」

加藤惠……九月二十三日生。

比她們倆開始用名字互稱而值得紀念的那一天，還要早一點的日子。

「可……可是英梨梨，這不是遊戲要用的嗎……？」

「遊戲要用的圖在這裡，妳看。」

「咦……」

於是，英梨梨拿出了另一張叶巡璃的圖。

……不過那張圖並沒有上色，只以線條描繪的巡璃，卻露出了豐富的表情微笑著。

「基本上，遊戲的圖我會用電腦上色，才不會特地用到顏料喔。」

「啊～……」

關於那一點，惠應該也曉得。

只不過，英梨梨指示得太過自然，太過正常，太過高壓。

所以，惠當然不會發現，英梨梨到目前為止所做的，全都是為了「她本身而已」。

「生日快樂，惠。」

「這樣要回禮就不容易了耶……英梨梨，妳是在三月出生對吧？」

「我會寄予厚厚的期待喔。」

「啊哈哈……」

依然癱在路邊的惠收下了英梨梨的畫，正想要捧到胸前……卻又發現顏料才半乾，隨後，她只對英梨梨回了個微笑。

英梨梨看見她那副表情，又被激起新的創作意欲，不過那又是另一回事了。

當下，她們倆只顧望著剛畫好的這張圖，還討論起其中的價值。

「畢竟這可是出自柏木英理的手筆……再加上親筆簽名的話，價格應該不下●萬喔。」

「好不容易能有圓滿的收尾，妳別講那種露骨的話啦。」

Saenai heroine no sodate-kata. FD2

Presented by Fumiaki Maruto
Illustration : Kurehito Misaki

五個**憤怒**的女人

「那麼，既然所有人都到齊了，要開始表決嘍。」

秋意已深，東京灣岸的深夜。

話雖如此，像這樣關在飯店的雙人房，還有五個女生窩在裡頭，對於略冷的季節感倒是感覺不出多少。

倒不如說，她們在當下都有著與深夜不符的亢奮情緒，導致房間裡充斥了足以令人流汗的熱氣。

「那麼……認為加藤有罪的人舉手。」

「…………」

「…………」

「…………」

「有罪四票……根據以上表決，全員一致確定她有罪……」

「請問我能打斷一下嗎，霞之丘學姊？」

「雖然被告並未被承認具有投票權，哎，假如妳也投自己有罪一票的話，那就是完美無缺的一致通過了……」

「啊，我舉手是為了發問，並不是那個意思。」

在房裡除了自己以外的所有人都高高舉手的局面當中，獨自將手輕舉至肩膀高度的被告……不，加藤惠，匆匆地放下了她的手，然後向從剛才就主持著這場會議的冷酷法官……不，向著霞之丘詩羽淡定地提出異議。

「拿妳沒轍，所以說，事到如今妳還想問什麼？」

「呃，我有疑問的，應該就是剛沖完澡回到房裡，便發現女生都聚在這邊，自己還突然變成被告的現實吧？」

正如前面所述，當其他成員各自穿著五顏六色的睡衣時，只有惠是用旅館的浴袍簡單裹住剛洗過澡而發燙的身體。

「很遺憾，審判是依正規手續實施的。希望妳能嚴肅地接納本庭所做的判決，加藤。」

「別說沒有律師辯護，妳們剛才連被告都不在就開庭了吧？我覺得這已經不算審判，應該叫班級會議才對耶？」

哎，在嚴肅得連香豔情節都無法穿插在內的氣氛當中，惠面對自己毫無印象又不講理的有罪判決，不禁氣得身子發抖……這倒沒有，她一如往常地用淡定的態度吐嘈。

可是……

「……唯有今天，妳是無法抵賴的喔，惠。」

「英梨梨？」

換作平時，立場上應該最挺惠的人……或許也不盡然，總之連身為好友的澤村・史賓瑟・英梨梨，都用起疑的目光望著惠，得知這一點，讓惠的腦海裡隱約蒙上烏雲。

「對對對，當大家好不容易團結要迎接冬COMI的時候～妳卻在不知不覺中跟阿倫兩個人溜去外面～這不叫背叛要叫什麼嘛～」

「冰……冰堂同學……？」

還有，連平時根本不會陪詩羽演那些宅味小短劇的圈外人冰堂美智留，都支持演這齣鬧劇，得知這一點，讓惠的腦海裡猛烈響起災害發生時的告警區簡訊送達音效。

「請問妳都做了些什麼呢……妳在深夜的台場一邊望著海，一邊跟倫也學長兩個人做出了什麼事情呢，惠學姊？」

「連出海都……」

還有，連平時……應該說連平時都幾乎不會碰到面的波島出海，都發現惠總是偷跑……不對不對，都誤解她有那樣的行為，得知這一點，讓惠的腦裡閃過《東京地震8.0》這部由noitaminA播出的動畫片段……呃，並沒有，這樣敘述太浮誇了。

「不是的，我怕干擾到大家創作，所以才會……」

哎，暫且不管那些，惠終於認清了自己被問案的嫌疑（詳情請參照本集收錄的#0），為了替自己辯解，就一如往常地先發表對外的淡定說詞，想將事情混過去。

可是……

「那麼，妳也可以跟當時並沒有在創作的我說一聲吧，惠學姊？」

「唔……」

而平時的因應流程，對平時不包含在固定班底裡的出海也不管用。

「惠……？」

「呃～那……那個，英梨梨？我會希望妳不要像那樣含著眼淚耶。」

「小加藤，不然『怕干擾到我們創作』的妳，到底是在做什麼啦？妳完全沒有跟阿倫培養出氣氛，都跟平常一樣默默地在玩手機嗎？」

「唔唔……」

倒不如說，說詞不管用的真正理由在於跟平時的偷跑嫌疑一比，就連惠自己也覺得清白度較為薄弱，或許那也是她的內疚所致……

「加藤，我告訴妳，趁現在坦白認罪，就不會治以重罰。」

「霞之丘學姊……」

「但如果妳始終都裝蒜託詞說是『為了我們好』，那就不可饒恕。我會將妳的罪行攤在大太陽底下，並且徹底究責，把妳教訓到再也無法做出同樣的勾當……說吧，妳想選哪一邊？」

到剛才為止應該是法官的詩羽，不知不覺地就轉職成為檢察官（還是美國影集裡的），正在逼惠接受司法交易。

「妳有何打算？要認罪嗎？要招認自己裝得一副乖巧的臉，卻搶先大家勾引男人，可以說天生就水性楊花的本性嗎？那樣的話，我可以對妳輕判『在大腿內側用油性麥克筆寫五個〈正〉字之刑』……」

「妳……妳想出的刑罰太恐怖了吧，霞之丘詩羽……！」

詩羽所說的話，讓英梨梨著實嚇歪了臉。

「那有什麼好羞恥的嗎？」

「為什麼要畫在大腿？塗鴉不是應該畫在臉上？」

然而，出海跟美智留對情色同人缺乏素養，就難以理解那樣罰得有多重，兩個人都顯得一頭霧水，還臉色納悶地相望。

「加藤……做選擇的人可是妳喔。」

還有，惠依然對事情的嚴重性不太理解……

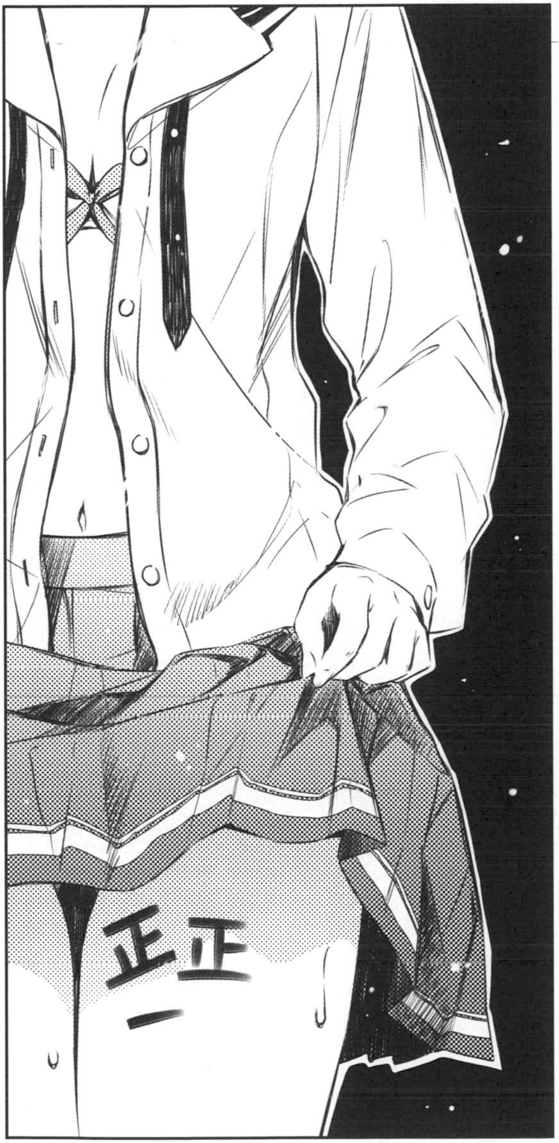
正正一

即使如此，她光是從英梨梨的反應，就感受到詩羽深有陰謀，便迎面望向那位狠毒檢察官的扭曲笑容。

受到她們倆的魄力壓迫，凝重的沉默流過房裡……

「呃，我想問一句……」

緊接著，當房裡失去聲音後，足足過了三十秒……

有一陣子看似在思索什麼的惠，才終於開口。

「被本來就想搶先大家一步的霞之丘學姊這樣責怪，我不太能接受耶，妳們覺得呢？」

「什……」

「小加藤？」

「惠學姊？」

「惠……？」

但她講話的語氣及內容，並不像請求檢察官或法官酌情量刑，而有同情餘地的被告……

而是為了贏得清白便不惜犯法，即使無法勝訴也要拗成審議無效的黑心律師（還是美國影集裡會出現的那種）。

「……妳想表達什麼呢，加藤？」

詩羽仍坐在床上，並且用嚴厲的表情瞪向惠。

「呃，比方說高空酒吧，或者在我們之中都沒有人曉得的第三間客房。」

「費用都是我付的喔，而且是用我自己賺來的正當金錢。沒道理要被人追究。」

然而，面對突然變得牙尖嘴利的惠，詩羽顯露的敵意，卻在在道出她自己內心也有鬼。

「呃，話說回來，學姊有什麼必要在那種地方訂位？」

「倒不如說，目的早就穿幫了不是嗎？」

「霞……霞之丘詩羽……」

所以，眼見另外三個人完全被惠帶了風向……尤其是英梨梨連雙馬尾都跟著抖起來的反應，詩羽便暗自砸舌。

「沒有錯，仔細想想就是那樣……原本第一個偷跑的還不就是妳……」

「澤村，妳這話……」

「妳在不知不覺中，就把那件事搓掉了，再轉嫁到惠身上，還率先開口追究……差點上了妳的當！」

「呃……啊～」

詩羽在這個時候，固然是想冷靜地回答「澤村，妳現在正是上了加藤的當喔」將事實告訴對

方……

然而，看到惠在自己面前，淡定得彷彿事情都已經結束了一樣地開始把玩智慧型手機，她就體認到自己在這次的爾虞我詐中落敗了。

「欸，妳講點話吧，霞之丘詩羽！」

「……沒什麼好說的呢。我無法在這種地方多待。我要先回房間了。」

因為如此，詩羽體認到敗象濃厚，就不顧隔天早上會被人發現已在自己房裡慘死的風險，還起身準備要離開房間。

「哎呀，妳休想逃喔，學姊。」

「什……」

不過，詩羽還沒抵達房門，早一步從床上跳下來的美智留已經先堵在出口之前。

而且，好似要逼迫無處可逃的詩羽就範，從平時那套貼身背心與短褲露出來的柔韌肢體，正朝她節節逼近。

「冰……冰堂……妳打算怎麼對我？」

面對那股魄力，連原本表現得毅然不屈的詩羽，也難免感受到自身有危險……

「呃，還不如說，阿倫現在不就睡在學姊的房間嗎？讓妳回房才真的會出事嘛。」

「啊～……」

然而，目前該感受到自身有危險的人，似乎是悲哀地錯過末班車，還獨自在隔壁房間抱著雙腿睡覺的唯一一個男生（倫也）才對。

※　※　※

於是，在吵不出結果的爛仗過了幾分鐘以後……

審判正如惠的盤算，變成審議無效，伴有倦怠感的悠哉氣息，流過了五名少女之間。

「看招，看招，看招！霞之丘詩羽，像妳這種人……像妳這種人就應該要這樣～！」

「停……停一下啦，澤村學姊！請不要讓國中生看那樣的圖！」

可是，在那種情況下，就只有至今怒氣未消的英梨梨，還留在憑空想像的法院，以法庭畫家的身分在素描簿上飛快地運著鉛筆。

「哼，這種程度的圖就能嚇到妳，想超越我還早一百年呢。」

「至少在滿十八歲以前，我沒有打算用那方面的圖超越學姊！」

……目前，英梨梨正朝著剛完成的詩羽肖像畫（姿勢與服裝省略說明）的大腿及腹部一帶，畫上大量的「正」字，以及指向某個部位的箭頭表示，還補了「請自由使用」與「〇便器」之類的註記。

「所以妳打算拿我怎樣，澤村？難不成，是要實際用圖上的那種方式懲罰我？利用在隔壁房間待命的男生（倫理同學）？」

「哪有可能啊！基本上，那樣做對妳來說不就變成獎勵了嗎！」

「唔哇～唔哇～！這個社團的女生聚在一起時好離譜喔！」

「出海，別在意那些人，跟我用ＬＩＮＥ聊天吧？」

「呃，惠學姊，在同一個房間還那樣做，我覺得也滿超現實的耶……」

「哎，我們是不會對妳怎樣啦。不過，總還是不能放妳回房間喔，學姊。」

「既然沒有要做什麼，我差不多也睏了……」

詩羽彷彿為了證明自己說的話，就一面捂著嘴，一面打了兩三次較大的呵欠。

「哎，要睡就在這個房間睡，不然就去我跟小波島的房間……呼啊啊啊啊～」

這時候，美智留似乎對那樣的睏意起了共鳴，她則是大剌剌地張開嘴巴，當眾打了大呵欠。

時鐘在不知不覺間，指到了凌晨三點。

「冰堂，這個房間人太多，我跟妳們借房間用。給我房間鑰匙。」

「……要用學姊的房間鑰匙來換。」

「……我想先回房間把行李帶過去耶。」

「……那等早上醒來再一起去拿吧？只是要睡覺的話，照目前這樣就行了嘛？」

「…………」

「…………」

像這樣，儘管雙方都已經面臨愛睏的極限了。

然而檯面底下，似乎還有許多事情持續在交涉。

「可是，假設我乖乖地交出鑰匙好了，那我反而要問，妳有可能不強闖倫理同學睡覺的房間嗎？」

「那種事無所謂啦。反正我跟阿倫是家人，睡同一個房間也不要緊～」

「我不交，我絕對不會把這支鑰匙交出去喔，冰堂。」

「既然如此，我就不能放妳出房間嘍，學姊。」

「……哼。」

「……哼。」

出海「惠、惠學姊～請問一下喔？」

「什麼事？出海」惠

出海「這個社團平時的氣氛，總是像這樣嗎？」

「啊～她們人都不錯喔。只要沒有牽扯到安藝的話。」惠

※　※　※

於是，時鐘的針又走了更多……

窗外看見的景色，除了彩虹大橋閃爍的燈光以外，全被寂靜所籠罩的凌晨四點多。

「……啊～」

「……呼啊。」

「嗯……嗯唔～」

「…………」

「…………」

英梨梨看來實在是累了，運著鉛筆的手停了下來。

出海看著智慧型手機，但睏意儼然已經克制不住。

美智留嫌詩羽礙事似的用背靠著門板，稍稍打起瞌睡。

詩羽厭惡地瞪著那樣的美智留，卻又無能為力地杵著不動。

惠則是默默地玩手機，對那樣的局面依舊不為所動。

五個人舉辦的派對，已經醞釀出只要有誰撐不住，就會一舉散場的極限氣息。

「對……對了！大家會不會餓？我記得有跟爸爸要來的英國土產巧克力……」

「免了。」

討厭那種氣氛的英梨梨，就故作開朗地翻起包包，但……

惠沒有把目光從手機移開，還淡定而又尖銳地出聲制止她的行為。

「咦～為……為什麼嘛，惠？」

「妳在上次集宿時也講過一模一樣的話對吧，英梨梨？要我幫妳回想一下後果是怎麼樣的嗎？」

「唔……唔～……」

短短幾週之前。

除了出海以外的四個人到蓼科集宿時，英梨梨帶去的「英國土產巧克力」，有著漂亮的酒瓶造型（含酒心內餡）。

……沒錯，就跟英梨梨剛才拿出來的那一盒，包裝款式完全相同，惠記得清清楚楚。

「呼嚕……呼嚕……」

「…………」

「嘶～～咕～～」

「…………」

在這種局面下，美智留航向睡眠之海的旅途，終於已經來到無法打住的洋面上……

「嗯～～呼～～」

「…………」

「請留步，霞之丘學姊。」

「唔……」

於是，朝著毫無防備的美智留，所穿的那件短褲……

不，打算朝短褲口袋裡那支鑰匙伸手的詩羽，還是被惠用淡定而帶刺的聲音叫住了。

「我只是想出去買個飲料。因為冰堂堵著門口，所以才要她讓讓……」

「飲料的話，那邊的冰箱裡就有，請自便。」

「……飯店冰箱的飲料不是很貴嗎？」

「霞之丘學姊，我不覺得在這種高級飯店包下三個房間的妳會說這種話耶……」

不只是聲音，連講話內容都微妙帶刺的惠一邊嘀咕，一邊緩緩起身以後，就湊向美智留，好似要擋下詩羽。

「來，冰堂同學，要睡就到床上睡吧。站得起來嗎？」

「唔……嗯～？」

接著，惠借了肩膀扶美智留站起來，讓她從門前讓開，然後就近躺上床……

「好了，霞之丘學姊，這樣就能出房間嘍。請吧？」

「～～！」

接著，在惠下一次面向詩羽的時候……

原本放在美智留短褲口袋裡的房間鑰匙，已經到了惠的手裡。

※　※　※

於是，時鐘的針又走了更多更多……

凌晨五點前，從周圍的大廈窗口，也幾乎看不見燈光了。

「唔……唔唔……」

「嗯……嗯～」

「嘶～～呼嚕～～」

「…………」

「…………」

英梨梨將近睜不開眼睛了，素描簿還是不離手。

出海背靠床鋪，差不多就要撐到極限。

美智留躺在床上，打鼾的聲音有如雷響。

另外……

「欸，我說這位金剛力士。」

「抱歉，我覺得妳那樣稱呼未免太過分了，霞之丘學姊。」

詩羽仍狠狠地瞪著守在門前，如今已非美智留的那位看門人。

至於那尊金剛力士像……不對，惠則是一面玩手機，一面安然承受詩羽的視線，並且坐鎮於美智留先前所在的門口。

「太過分的難道不是妳嗎，加藤？我的行動沒道理要被妳限制到這種地步。究竟是哪裡請來的風紀股長啊。」

「……無論學姊要怎麼說我，這都是為了社團的和平。」

「妳自己先亂了風紀，還要求別人潔身自愛，雙重標準莫過於此。」

「咦？學姊還要翻那筆舊帳？」

「雖然剛才讓妳順利矇混過去了，但我還是不能接受……畢竟我是以未遂告終，妳卻直接做到了最後……！」

「抱歉，能不能請妳別用會造成嚴重誤解的表達方式，霞之丘學姊？」

……儘管五個人的派對已經有一個人撐不住了，局面卻與預料中相反，仍舊保持在一觸即發的狀態。

應該說，一觸即發的主要是兩個人。

「霞之丘學姊，我又不像妳或者英梨梨，有意對安藝做些什麼，所以……」

「惠，不然妳老實告訴我們……當時，妳跟倫也獨處，到底都談了什麼？」

「…………英梨梨？」

不，主要是三個人。

「雖然我跟霞之丘詩羽不一樣，也還是無法接受……畢竟妳在集宿時，也曾經在半夜溜出去外面……」

「這麼說來，是有那麼一回事呢……妳擺脫不了背叛之名喔，加藤。」

「唔哇，要翻那麼久以前的舊帳啊……」

惠對女生的執著之深（避而不談自己）感到棘手……

即使如此，她仍相信自己的正義，繼續跟另外兩人對峙，默默地瞪著她們……不，與她們對望。

「…………」

「…………」

「…………」

出海「惠學姊，我覺得目前最可疑的是妳耶。」

「連妳都這樣！」惠

※　※　※

於是，時鐘的針又走了更多更多更多更多……

太陽完全升起，中午十二點的耀眼陽光照進房裡。

「喂～！退房的時間已經到嘍～！怎麼都沒有人出來～？」

「……咦？」

「嗯……嗯～」

「呼……呼嗯……？」

「唔……唔唔……」

「嘶～～呼嚕～～」

持續對視了長長一段時間，直到天亮的這群女生……

透過那劇烈的敲門聲，還有熟悉的御宅族少年所發出的急切呼喚聲，她們才總算取回了失去的意識。

豐之崎校慶　第一天

那一天終於到了。

十一月下旬的星期五。

豐之崎學園最長的三天……豐之崎校慶的日子。

在體育館的開幕典禮一結束，從每間教室便響起朝氣蓬勃的招呼聲，學校裡頓時被熱鬧氣氛所籠罩。

這所豐之崎學園，是以尚稱自由的校風為豪，更屬尚有人氣的私立學校，因此在校慶時也會有許多來自地方上或別校的遊客造訪，其熱鬧程度亦聲名遠播。

……對於引用了既刊（原作第五集第六章）出現過的旁白摸魚一事，在此要先請各位高抬貴手。

「…………咦？」

在她醒來的瞬間……世界充滿了光與聲響。

從窗外，有以這時期來說還算溫暖的陽光照進來，路上車輛及行人活動的聲響傳入耳裡。

「…………呃～」

不過，由於之前趴在桌上睡著的關係，房間主人臉上沾著馬尾髮絲，還從有別於平時早晨的光與聲響稍微體認到現況，因而嚇著了。

綁馬尾的她，名叫加藤惠。

昨晚，曾將某款遊戲的劇本，以及某部輕小說重讀好幾遍，在最後一段記憶中甚至還留有黎明天亮的畫面，簡而言之就是幾乎熬夜到天明，卻在最後一刻大意打起瞌睡的少女。

「啊啊啊啊啊～」

看向手機，時間已經過了十點鐘。

哎，用那種沒安裝ＡＰＰ（一擇彼女）讓美少女以淡定嗓音說「醒醒～」幫忙叫醒人的智慧型手機，或許這也是無可奈何的事。

「怎麼辦……怎麼辦呢……」

如手機所顯示的，現在不只過了十點鐘，今天是星期五。

她得去學校……而且，跟平時上課不一樣，這是更特別的日子。

豐之崎校慶，第一天。

「我跟冰堂同學約好了，也跟出海約好了……還有還有……啊啊啊啊啊，安藝，糟了啦～」

照理說，惠正被密度高於平時好幾倍的行程追著跑。

而且，進一步面臨緊急事態的她，理應就要開始度過動盪的一天了。

「總……總之……總之先……呃～……」

雖說是自己種下的果，註定要多方折騰的惠決定……

「……先沖個澡吧。」

總之，她決定像平常一樣，先從身為女生該顧好的部分開始打理。

Chapter2:icy tail

離體育館不遠，社團大樓裡的其中一個房間。

在房間入口，豎起了「非舞台表演者及後台相關人員請勿入內」，僅限今日使用的立牌。

「所以說，我們是排在第幾個上台表演啊？」

「啊～順序我不曉得。記得說是下午第一個上台啦。」

「整體來看是排在第五。以下午的演唱表演來說則是第一團。」

而房間裡，有三個女生穿著不同於豐之崎的制服，在熱鬧的校慶中顯得無事可做地被人遺留於此。

「什麼嘛，又讓我們暖場。」

看似有些嘔氣地這麼說著鼓起腮幫子的，是綁了側馬尾有如小動物的女生。

女子樂團「icy tail」的吉他手，姬川時乃，通稱小時。

「最近在圈內Live house名聲響亮亮的『icy tail』，居然被找來暖場～」

跟平時一樣用懶散語氣這麼回話的，則是留短髮的尖酸型女生。

同為「icy tail」成員的貝斯手，水原叡智佳，通稱叡智佳。

「沒辦法，畢竟我們是臨時加入。況且又不是豐之崎的學生。」

另外，跟平時一樣冷靜地勸著另外兩人的，則是綁髮辮的療癒型女生。

同為「icy tail」成員的鼓手，森丘藍子，通稱藍子。

註：一如往常，三人對話時是以小時↓叡智佳↓藍子的順序開口。

如藍子所說，她們三個並非豐之崎的學校，而是就讀於鄰縣縣立女子高中的外校生，然而在不知不覺中，卻誤打誤撞地報名參加了今天校慶的舞台表演。

之所以會如此……

「然後呢，結果跟加藤惠聯絡到了嗎？她有沒有跟校慶委員會把事情談好？」

「嗯，她好像才剛到這裡。目前正在外面跟美美還有委員會的人講話。」

「有她安排就不會錯了……哎，雖然在活動當天遲到是有點那個。」

是的，就是在上週末集宿時曾與她們共度一夜（並沒有鑄下大錯）的惠，向校慶實行委員會推薦了她們的樂團，才會促成「icy tail」在今天風光登台表演。

上週的遊戲製作集宿剛壯烈結束時，她們「icy tail」的成員，可以說身心都消耗殆盡了。

……除了只顧彈吉他吃零食還有睡覺的美智留以外。

接著，在集宿過後迅速安撫她們，防範其造反（尤其是叡智佳）於未然的人，既不是主辦集宿的倫也，也不是隨便找理由就把她們叫來的美智留，而是理應一塊淌了渾水的惠。

在集宿後回家的路上，惠邀她們到家庭餐廳，幾個女生一起舉辦了名為慰勞會的聚會，然後就當場對團員一一致謝，更表示想回報她們。

對此回答「我還想開演唱會耶」的，則是什麼忙都沒有幫上的美智留，即使這很搞笑，她的心願仍與所有團員一致……

「我沒有辦法像安藝那樣幫忙安排Live house，但是有個機會或許可以指望……」

於是，透過惠的那句話（與後來的應對），就漂亮地張羅到了今天這次風光的表演。

……雖然說，今天她們幾個為了來表演，都翹掉了自己學校的課，在此就不多談這方面的事實了。

「話說回來……關於加藤惠，妳們有什麼想法？」

「還有什麼好想，那兩個人肯定在交往嘛。」

「應該說，就像夫妻一樣？」

不會讓事情以佳話的形式作結，就是女子樂團「icy tail」之所以像「女生」的地方。

「她都到男方家裡做菜了嘛。還一副理所當然的模樣。」

「基本上，她從我們到的前一天，就已經住在那裡了吧？」

「有發生過什麼就不妙了，都沒發生什麼反而讓人覺得開放到不妙的地步……」

就這樣，面對今天演場會的拚勁及緊張情緒不知道去了哪裡……

應該用不著特地趁現在討論的八卦，被她們東家長西家短地聊了起來。

「事情本來就是安安搞砸的，她卻理所當然地想扛責任。」

「她明明曉得我們對她有疑心，還都不掩飾耶～」

「假如說男女合校就是這麼開放，那我不應該念女校的……」

「真是夠了～！美美怎麼都沒有發覺他們之間的那種氣氛嘛！」

「那傢伙是四天王(icy tail)中最弱的……她可是無菌室培育出來的純種高中女生喔。」

「倒不如說，美美根本沒被她當成對手。」

「況且她還安排演唱會向我們賠罪……我們收了敵人送來的鹽耶！」

「說成送鹽太誇張了，她沒有對我們敵視到那種程度。硬要說的話，應該算中元禮物？」

「還是從『安藝家』送來的喔。」

「…………」

「…………」

「…………」

三個女生將聒噪態度一轉，室內便充斥美智留……不對，充斥寂靜。

在她們心中來來去去的，是自己託付了夢想，在樂團獨領風騷當主唱，集眾人憧憬於一身的英雄（故意不用英雌來形容），在情場上註定會敗陣……不，根本連比都不用比的下場。

「久等嘍～！走吧，我們去彩排～！」

靜成一片的室內，這會兒響起了以單人的聲量就足以凌駕她們三個，顯得活潑開朗又無憂無慮的說話聲。

「哎～小加藤幫我們跟校慶委員會交涉過，說音樂教室接下來可以讓我們用三十分鐘耶！」

「美美……」

「…………」

「…………」

三人同時朝門口回頭，就發現在那裡，有剛才已經在她們腦中被確認死亡的捲毛短髮無憂型女孩。

女子樂團「icy tail」的主唱&吉他手，冰堂美智留，通稱美美。

「……妳們是怎麼了？好沒精神喔～該不會在緊張吧？」

「啊……啊～……」

「還……還好啦……」

「或……或許是喔……」

「什麼嘛，妳們真沒用耶～來，回想之前那場演唱會～！我們不是創造出傳奇了嗎！我們的表演，到哪裡都行得通嘛！」

「是……是啊……」

「就……就是嘛……」

「美美說的有道理……」

美智留那副模樣，在她們看來，簡直像連續劇的回憶橋段一樣，充滿了往日的閃亮光彩……

呃，雖然這是當下實際發生在眼前的事情。

「拿妳們沒辦法～……好吧，像上次那樣，我來替妳們打氣。手伸出來。」

接著，真實存在的美智留，就將手伸到她們面前。

對一切都會照自己所想的發展深信不疑，目光依舊毅然堅定。

所以，她們三個跟平時一樣，好似受了她的牽引，紛紛將自己的手朝著那隻手疊上去。

「這是『icy tail』締造的第二次傳奇……要把豐之崎的人統統拉過來喔。」

「希望我們的粉絲會變多。」

「演唱會結束以後，不知道有沒有人會邀我們去聯誼～」

「拜託，跟男友分手以後再說那種話啦，叡智佳。」

還有，她們三個跟平時一樣，好似受了她的牽引，也紛紛將自己的夢朝著她的夢疊上去。

「那妳們準備ＯＫ了嗎？……『icy tail』，要上了喔～！」

「「「喔～！」」」

於是，她們三個只在最後，喊出了音量高過美智留的振奮之詞。

……一面還在心裡藏著「妳就好好加油吧，美美」如此微妙的聲援。

Chapter3:Hashima

中午時的主校舍走廊，展現了一年當中最熱鬧的景象。

每間教室的門窗，都做了各式各樣的裝飾，攬客的學生與湊熱鬧的普通遊客擠到滿出來，人潮多得像某個場次的活動……呃，抱歉，這樣敘述就誇大過頭了。

「唔哇，明明是高中辦的校慶，遊客卻好踴躍耶～！」

「在高中舉辦的校慶當中，豐之崎算是以普通遊客多而聞名的啊。」

有兩名習慣人潮的男女，正走在連直線前進都有困難的走廊上，一面靈活地避開他人，一面還能用不至於干擾四周的絕妙音量對話。

「好好喔，有這種氣氛……果然，我是不是該報考豐之崎呢？」

一邊亮起眼睛，還對映入視野的一切投以憧憬的視線，留著包包頭，身材嬌小卻有某一部分並不嬌小的這個女生，名叫波島出海。

「那妳的成績就要再進步一點，出海。」

另外，隨口應付著那樣的她，一面卻也溫柔地給予關懷，有著天然捲褐髮，身材又修長挺拔的男生，則是出海的哥哥，波島伊織。

……哎，皆非豐之崎在校生的這對兄妹，會像這樣在平日的白天來到其他學校的校慶玩樂，

狀況就跟前面出現過的幾位女生（icy tail）一樣，還望各位高抬貴手，莫予以深究。

「好啦，那碼歸那碼，出海，所以妳跟邀妳來的朋友聯絡上了嗎？」

「惠學姊的話，剛才她有用ＬＩＮＥ傳訊息過來。據說是行程太滿，要約在一點鐘會合。」

「三十分鐘之後嗎……那個人還真忙呢。」

「叫得那麼陌生……哥哥，你之前也見過她吧？你想嘛，就是之前和倫也學長、澤村學姊在一起的加藤惠學姊啊～」

「……有這麼一號人物？」

「討厭啦～哥哥！你不要這樣啦，對待有興趣的人跟沒興趣的人分得這麼清楚～」

「呃，何必把我說成那樣……」

伊織是真心不記得。

確實，正如出海所說，那是因為他對沒興趣的人極度冷漠。

而且當時跟伊織對峙的人，對他來說，都是重要得沒空分心在別人身上的對手。

那正是伊織曾策畫要招攬到自己社團的當紅插畫家，柏木英理……澤村・史賓瑟・英梨梨。

還有柏木英理目前的搭檔，同時也是伊織心中最為執著，可稱為「宿敵」的對手。

「哎，惠學姊要是勾起了哥哥的興趣，那也滿危險的就是了，或許這樣反而好。」

「出海，我倒是在想……妳最近對我的方式是不是越來越過分啦？」

然而，伊織要是對「那個人」與「宿敵」的實際關係了解得更詳細一點，事情就會跟出海擔憂的方向相反，變得更加危險……

「還不是因為哥哥最近對我露出越來越多的本性！」

「咦～」

……唉，那又是之後的故事了，目前還請觀賞這對兄妹的和睦模樣，若能達娛樂之效，便屬甚幸。

「要說的話，像哥哥突然表明『其實我就是「rouge en rouge」的社團代表』，也只會嚇壞我而已嘛！」

直到幾個月前，出海都對伊織在經營超大型同人社團一事毫不知情。

不對，正確來說，外表和內在明顯既現充又痞的哥哥，居然跟自己一樣是御宅族，根本超乎她的想像範圍。

「出海，對我說想在『rouge en rouge』畫圖的可是妳耶？」

「明明那都是哥哥一手安排的……」

「即使如此，要是妳沒提到『不想輸給柏木英理』，我就不會揭露自己的身分喔……至少兩年內不會。」

但是，得知哥哥有那樣的本性時……

出海就露出了以往連自己都沒有察覺的本性。

「兩年那麼久，我等不了……」

所以他們倆，便沒有像以往那樣繼續當「感情還算融洽，彼此卻干涉得不多」的兄妹。

於是他們倆為了實現互相共通，卻有著微妙差異的野心，就成了利用彼此能力的搭檔。

「哎，我倒覺得照現在的妳，應該可以不用等上兩年……」

為了跟互相共通，卻有著微妙差異的敵人對抗。

也為了跟互相共通，卻有著微妙差異的憧憬對象拉近距離。

「……出海？」

大概是因為想起了熱量驚人的決心，肚子就餓了……

伊織一回神，才發現不知不覺間，出海正愣愣地杵在離他背後有幾步之隔的走廊中央。

「妳是累了嗎？還是肚子餓了？要不要在附近找間店休息？」

眼前有「三年C班 女僕咖啡廳」的招牌，正在刺激方向跟食慾不太一樣的欲求，但伊織刻意不提那一點，而是探頭看向出海垂下的臉龐。

「什……什……」

「怎……怎麼了嗎，出海？」

然而，伊織那套輕鬆的想法似乎落空了，出海的臉色大為動搖，額頭冒汗，透露出她那起伏的情緒有多強烈。

「這……這是，這個是……」

還有，朝出海猛烈顫抖的手邊看去……

可以發現她用手指頭抓著的，是一張傳單。

「豐之崎校花選美，請大家來投票～！」

「投票結果會在週日下午一點鐘從校庭特別架設的舞台發表，請務必前往參觀～！」

朝四周放眼一望，只見他們倆剛才經過的樓梯旁邊，有疑似校慶委員會的男學生正拚命扯開嗓門發傳單……

「什麼什麼？呃～…………啊哈哈哈哈哈哈哈哈哈哈～」

「這才不好笑～！」

然後，伊織從妹妹手上的傳單，看見字體格外斗大的炒作標語，便精確地判斷出她為什麼會愣得無法動彈……

對於那無從宣洩的無奈感，他也只能打從心裡放聲大笑了。

「澤村英梨梨　能否連霸？」

「那……那……那個人……」

「……這實在是要比也沒得比呢～」

兩人的腦裡同時浮現了女方的宿敵，以及男方視為目標的金髮雙馬尾少女的樣貌。

「她……她明明就那麼幼稚又愛找人吵架～！」

「哎，至少在外貌的亮麗程度上是無可挑剔……萬一她本人肯到攤位露面，有幾百個跟蹤狂都會看上她。」

「大家都不曉得那個人的本性，才會被她騙啦！」

「呃，會參加選美的女生都差不多喔。」

以往也跟某校校花交往過一段時期的男生，講話的分量就是不一樣……這且不提。

「星期日……後天是嗎……」

「出海？」

霎時間，伊織看出妹妹的眼裡，有幽幽的火焰蘊藏在內。

「不知道惠學姊能不能也將星期日的門票分給我……要不要拜託看看呢？」

「妳總不會也想來看選美結果發表吧？可是星期日有社團集宿……」

「還不是因為她嘛！這種事情我不能接受！」

「呃，就算這樣，妳又能奈她如何……」

「……我要拆穿她。」

「啥？」

「我要在選美會場起鬨，然後將她的本性揭發出來～！」

「妳跟她不是要在冬COMI分高下嗎？」

「那是跟柏木英理分高下！我跟澤村學姊一碰面就是要戰，這樣才合規矩！」

「哪有這種秋田〇書店的世界觀啊……」（註：影射作風剽悍的秋田書店）

「走吧，總之我們先跟惠學姊會合嘍。哥哥你快點！」

「欸，妳等一下，出海……」

經過東拉西扯，伊織追到了擅自朝意外方向燃起鬥志的出海後頭……

同時，為了避免之後惹上麻煩，他也冷靜地在計算什麼時候要跟出海「故意走散」……

Chapter4:Megumi-2

「到哪裡去了呢……」

下午兩點多，惠快步趕過依舊擁擠的走廊。

應該說，她今天一直都這麼急。

由於睡過頭的關係，跟美智留講好，要媒合校慶委員會一起討論演唱會的約，遲到了好一段時間。

儘管到最後，不只是討論的過程，連後來的演唱會都毫無拖沓地結束，並未釀成問題……

只是，演唱會結束以後，為遲到而道歉的惠，發現美智留以外的三個人都帶著亂溫馨的目光看過來，讓她微妙地感到在意。

還有，惠跟出海講好的「要一起逛校慶」，也因為種種狀況而沒有充分守約。

哎，出海一會合就顯得殺氣騰騰，陪她來的哥哥也在不知不覺中走散，可見出海那邊也發生了不少事情，惠倒是沒空感覺到良心的苛責，就忙著要安撫她。

「事情不妙了喔，安藝……」

而現在，惠終於為了迎接今天排在最後，同時也是最重大的一項事，正沿著通往樓頂的階梯往上爬。

「這個選擇，對霞之丘學姊來說具有相當沉重的意義耶。」

智慧型手機拿在手上，從剛才就一直撥號要找的人卻全無回應。

「你懂不懂呢……」

因此，惠懷著一絲的不安，使勁推開樓頂的門……

……於是在幾秒鐘後，門安安靜靜地關上了。

平行世界的梳理

「感謝您今日專程蒞臨……嵯峨野文雄老師。」

「啊～不會，我才要道謝。」

十一月已來到末尾，某個週末的午後。

大出版社不死川書店落址的高樓會議室裡，有兩名女性面對面，正準備開始磋商。

「……話說，原來嵯峨野老師是女性啊。從筆名及郵件的字句來看，我還以為是位男性。」

「啊，其實呢，那是我跟哥哥……跟家兄共用的筆名。」

「令兄嗎？」

「哎，當中有諸多因素……雖然實際畫圖的人是我，對外則是由家兄自稱嵯峨野文雄。」

「這樣啊……」

在會議室面對面的兩人當中，穿著筆挺黑色套裝的女性，是在動畫中也以重要串場角色為人熟知，不死川書店Fantastic文庫編輯部的町田苑子副總編（ＣＶ：桑島法子）。

不過另一名看起來比町田年輕一輪，身穿輕盈可愛服裝的女性，何止不曾在動畫出現，更是連原作正篇（只出現在GS2）都沒有登場過的稀奇角色……

面對那位名叫嵯峨野文雄，這陣子在同人界正急遽竄紅的插畫家，長相又與酷似男性的筆名不甚相符，十個人看了肯定有十個人都會評為「可愛」的美少女，町田在無心間對她有了獨特的印象。

那並非「取男性筆名是應付跟蹤狂的對策？」或「她口中的家兄，其實是男友吧？」這類從剛才對話中延伸出來的揣測……

「這個女生……跟真唯好像耶。」

在町田成為副總編的現在，仍一直負責來往的作家——霞詩子，其出道作《戀愛節拍器》中的登場人物……

儘管被塑造成第二女主角，卻從理應是第一女主角的沙由佳手中搶走寶座，與主角修成正果的「真唯」，在視覺上與町田眼前的女生重疊了。

※　※　※

「那麼，請問您考慮好了嗎？」

「替霞詩子老師的下一部作品繪製插圖是嗎……」

「是的，目前書名預定會取為《純情百帕》。」

哎，先將町田見了對方以後的偏門印象擱到一邊，她按照原先的預定，遞出兩張印了密密麻麻文字的文件，同時也道出了將對方找來這裡的目的。

在她遞出的文件開頭，有著「純情百帕　企畫書（第三稿）　二〇××／七／七　霞詩子」的字樣，以大於其他文字的字體躍然紙上。

純情百帕——

出道作《戀愛節拍器》全五集銷售突破五十萬冊，以新人而言算創下漂亮佳績的霞詩子，在醞釀已久後所要推出的第二部作品。

不死川書店也從發售前，就在雜誌上刊登特輯，還跟地方公共團體展開聯名合作，待遇簡直可說極盡破格之能事的受期待新作。

……順帶一提，由於有各種因素讓本作醞釀得太久，導致從上一部作品完結後過了半年仍未出版，才會像這樣仔細花時間挑插畫家人選。

「純情……青春戀愛劇嗎？」

「倒不如說，比較接近戀愛喜劇。打中市場時就會一舉轟動，讓類似商品如雨後春筍般大量上市，因而帶來短暫的退燒效應，但時間過去以後又能像殭屍一樣復活，好比週期性流行病的創作類別。」

「等一下等一下等一下！」

「簡單來說，就是任何時代都會有固定支持者當靠山的創作類別。用不著擔心喔。」

「可是妳的話聽起來實在不像那麼回事耶～！」

「哎，先不管那些，總之這是部活潑可愛的作品，我想也會跟嵯峨野老師的作風合得來，不知道您覺得如何？」

町田之所以會選中她——嵯峨野文雄，理由有四。

其一，她在自己（跟哥哥）的社團「cutie fake」發行的同人誌，最近忽然人氣高漲，在中古同人店鋪也經常入駐玻璃櫃。

其二，如此珍貴的同人誌所刊載的插圖與名聲相符，合流行且色彩鮮豔，角色又十分可愛，

無話可說地提供了高水準的萌。

其三，儘管她是如此新銳的人氣作家，以往卻都沒有參與過商業領域的案子，也就是所謂的「新鮮貨」。

至於最後……應該說這才是一切的開頭，她——嵯峨野文雄，曾在知名部落格「TAKI的HP」受到大力讚賞……

沒錯，霞詩子可說是知名部落客TAKI（安藝倫也）捧成明星的也不為過，町田對於他的先見之明，信任的程度近乎視如己出。

正因為如此，他在去年評價為「今年撿到的最大一塊寶」亦即嵯峨野文雄，早在半年以前，就已經被她列為「在推出下一部大作時當王牌」的頭號人選了。

「不過，請容我問一句，那真的會是活潑可愛的作品嗎？」

「……您有什麼顧慮？」

與態度積極的町田呈對比，身為當事人，某方面來講也算灰姑娘的嵯峨野文雄，卻回以有所懷疑的反應。

「呃，其實我在接到聯絡以後，就讀了霞老師的《戀愛節拍器》。」

「……這樣啊。」

「可是，從中不太能感受到那些特質耶……恕我直言。」

雖說如此，透過那一句話，町田對她反應微妙消極的理由就明白了五六成。

假如嵯峨野文雄是將《戀愛節拍器》當成活潑可愛的戀愛喜劇範本來接觸，會有那樣的反應也不奇怪。

畢竟《戀愛節拍器》這部作品，根本和「活潑可愛的戀愛喜劇」處於兩極……即使沒有到這麼誇張的地步，走向還是差了四十五度左右。

登場的角色會認真地為戀愛煩惱，有時生氣、有時哭泣，還顯露出醜陋的感情並且互相發生衝突……

如此「寫實」的作風，無疑是霞詩子這位作家的優點，也是往後希望能繼續發展的資質。

就算這樣，對於眼前像她這種重視「可愛」的讀者來說，或許就不討好了。

「那樣的話，您完全不用擔心……《純情百帕》肯定會是『活潑可愛的戀愛喜劇』。我可以做保證。」

「是那樣嗎……？」

然而，正如町田剛才自己所說的，她有信心能推翻對方的那些疑念或顧慮。

一是因為這次的企畫，她從草擬階段就積極地在參與，對於方針也有確實達成共識。

二是因為她信賴霞詩子這位作家，對於非擅長的類別應該有其適應力，更具備真正的實力，

能在最後將其他類別的讀者吸引住才對。

「副總編，我印好了～」

「就等你這句，北田！」

於是在下個瞬間，能為她那份自信背書的東西送到了。

隨敲門聲走進會議室的打工青年，一股腦地把用長尾夾固定好的厚厚紙張往桌上擺。

「這是……？」

「來，這才是活潑可愛的戀愛喜劇。」

「妳的意思是……」

「這是《純情百帕》的初稿……嵯峨野老師。」

那是正好在礎商開始的幾分鐘前，終於由霞詩子寄到的尊稿。

「這樣子好嗎？呃，在發售前就讓我……」

「何止如此，連我都還沒有過目。」

……附帶一提，照原先約定，這是應該在昨天之內寄到的尊稿。

…………再附帶一提，按照更原先的規劃，這是理應在兩個月前寄到，並且在這個月左右就出版的尊稿。

「連編輯都沒看過的原稿，那更不恰當吧？畢竟，我連接不接這個案子都還沒決定……」

「無妨。因為現在去考慮被拒絕以後的事情，對我們也沒有幫助。」

不過，町田目前封印了那些會令人胃痛的情緒，還將其置換成「原稿會在這時候寄來，簡直是神的旨意」這種有如輕小說編輯便宜行事的主義，並且用澄澈無比的眼神望著眼前的插畫家。

「那……那麼……失禮了。」

於是，被如此有夢想的大人以眼力懾服的年輕人，不知不覺就完全順著町田的步調，一臉緊張地拿起那疊紙。

以厚度來說，那足足超過五公分，拿在雙手有沉甸甸的分量……

感覺作家的執著及熱情，還有種種正負面的感情似乎都蘊藏在其中。

「…………」

「…………」

接著，過了一個小時……

從嵯峨野文雄說出「失禮了」以後，在會議室裡，就連一句話也沒有講。

房裡傳出的聲音，只有她定期用手翻過紙張的聲響，以及兩人的呼吸，還有椅子偶爾發出的吱軋聲響。

讀完翻到背面的紙張，差不多有整體的一半左右了……

反過來說，仍有一半尚未讀完，這陣沉默還要持續近一小時，她們倆都充分明白那一點。

「…………」

「…………」

即使如此，町田並沒有擺出無聊的模樣，更沒有向對方要求讀到一半的感想，她只顧伸展背脊，並且直直望著嵯峨野文雄。

而嵯峨野文雄那邊，既沒有介意町田的視線，也沒有生厭地停下手，她只顧翻閱紙張，並且用眼睛拾起文字。

「……謝謝。」

「…………」

然後，又過了一個小時……

所有原稿都被翻到背面，伴隨深深的嘆息，嵯峨野文雄相隔兩小時才又發出字句，對此，町田深深低下頭做了回應。

「您覺得如何呢，嵯峨野老師？」

接著，當她抬頭以後，立刻就用編輯特有的，向作家拜託事情時常會出現，顯得絕不屈服退縮死心讓步的鬣狗……不對，狼一般的視線望著對方。

「請問您願不願意……替這部作品繪製插圖呢？」

如此委託的瞬間，在町田的腦子裡已經有封面交稿日、扉頁插圖的構圖、穿插黑白插圖的位置、店鋪特典圖的張數、簽名會是否能露臉等等像山一般多的事情想要協調了。

然而，目前得先尊重對方的意願，只用有所求的眼神瞪人……不對，予以凝視。

「呃，請容我重新問一句……」

但是要緊的嵯峨野文雄那邊，看來卻沒有做出跟町田一樣的覺悟，她依然帶著困惑的表情，語氣猶疑地回話。

「請問，妳為什麼會想將這部作品委託給我呢？」

「因為嵯峨野老師合流行又可愛的畫風跟這最相稱啊！」

町田大概是把那曖昧的態度當成機會，便立刻表現出強烈意願，讓對方無所遁逃……呃，不對……把對方逼進死路……呃，不對。

「這……這部作品……要搭配流行可愛的畫風……？」

「……嵯峨野老師？」

可是，對方的話語及反應卻慢慢地偏離了町田的期待……

「請……請問這部作品的名稱，真的叫《純情百帕》嗎？那是不是某種逆向操作的手法？」

「呃……啥……？」

「不好意思……我沒有辦法理解不死川書店的想法。」

而且到最後，她終於臉色蒼白地低下頭，把原稿交還回來。

「這……這是為什麼……嵯峨野老師？」

「還問為什麼……我根本不懂妳的想法啦！」

「咦咦咦咦咦～！」

「把這說成『活潑可愛的戀愛喜劇』……是什麼樣的觀感啊？輕小說都這樣的嗎？難道我的觀感有問題？」

「等……等一下……？」

「不好意思，我好像搞糊塗了……呃，抱歉。今天請容我就此失陪。」

嵯峨野文雄說完，就不改蒼白臉色……不對，就帶著有別於平時而方寸大亂的臉，逃也似的匆匆從會議室快步離去了。

「嵯……嵯峨野老師～！」

而且町田身為編輯，理應是被潑了一大盆冷水，現在卻沒空介意那些細微的語意，只能一頭霧水地目送她離去。

「怎……怎麼回事？她為什麼……？」

然後，町田茫然地望著嵯峨野文雄離開的門口，就這樣杵了一陣子……

即使如此，稍微取回冷靜之後，她便拿起了眼前交還給自己的那份原稿。

接著，她將全部翻成背面的原稿隨手翻回正面，只見開頭的標題是……

「cherry blessing　第二稿（瑠璃劇情線）　霞詩子」

「北田啊啊啊啊啊啊啊啊啊～～！」

她發出了震撼整間編輯部，來自奈落深淵的尖叫。

※　※　※

「對不起對不起！因為十萬火急，我就沒有檢查列印的內容～！」

「唔……」

將那份（與不死川書店無關的）原稿送來的打工青年，被町田的凶勁嚇得全身僵住，還深深地低下頭賠罪。

而身為當事人的町田這邊，舉起的拳頭找不到地方可以揮下，就一面洩了氣，一面用微妙的

表情低頭看對方。

沒錯，畢竟強調過十萬火急，又完全沒檢查內容，明顯她本身也有責任……還不如說，是她本身的責任比較重。

「剛才我也用郵件跟霞老師那邊取得聯繫了，呃，她表示是錯將要交給其他地方的檔案寄了過來……」

「……你有沒有轉寄出去？」

「沒有！另外，郵件與隨附檔案我也從所有伺服器砍掉了！只剩這份列印出來的文稿！」

而且，出錯的顯然不是在場工作人員，而是寫出這篇稿子的作家本人（霞詩子）。

「所以說，《純情百帕》的稿子呢？」

「檔……檔案是有重新寄過來……可是……」

「我不會再對你發脾氣，直接告訴我事實行嗎？」

「其實，原稿好像連一半都還沒有寫完……」

「……這樣啊。」

更何況，這說不定並非搞錯，還可以懷疑是趕不上截稿日的作家用了障眼法，將別的原稿寄過來……

呃，若是那樣，當中用意為何就只有作家本人才曉得了。

「我根本不懂妳的想法啦！」

「把這說成『活潑可愛的戀愛喜劇』……是什麼樣的觀感啊？」

到了現在，當時嵯峨野文雄所說的話，才讓町田會意過來。

應該說，她決定不特地將「既然標題不一樣，立刻就可以察覺的嘛……」這句牢騷講出口。

反正嵯峨野文雄本人也不在。

「這便是……小詩冷落我以後獻給ＴＡＫＩ小弟的原稿嗎？」

「ＴＡＫＩ小弟？」

「別在意。只是個盟友兼天敵。」

「是……是喔……」

相對的，町田一面講出分不清是牢騷或感慨的話語，一面將編輯部獨留的那份書面原稿重新拿到了手裡。

冷靜一看，還是疊厚度超過五公分的紙，萬一這是輕小說原稿，這種分量似乎會讓她脫口說出「先砍掉一半篇幅再拿來！」或「打算出上下集嗎！」或「妳寫輕小說都幾年了啊！」……

對町田來說，這已經只能咒罵自己的疏忽：怎麼沒有從一開始就發現呢？

「那就來拜讀吧……」

「呃，副總編，所以那也得銷毀才行……」

「等我三十分鐘。」

「……是。」

哎，那碼歸那碼……

眼前，有自己崇拜的……不，有旗下作家所寫的原稿，而且還是最新作品，這種情況下，她不可能會做出讀都不讀就捨棄的選擇。

更何況，遲交自家原稿，還搞砸和插畫家之間的交涉，對於這種散漫的作家，町田也覺得不需要跟她講那麼多義氣……

「…………」

「…………」

然後，又過了一個小時……

從町田說出「等我三十分鐘」以後，會議室裡，連半句話都沒有人講。

哎，雖然在這個時間點，就已經可以發現町田的承諾完全是空口說白話……

「……呼，謝謝。這可以放進碎紙機了。」

即使如此，她到底有編輯風範，花了嵯峨野文雄一半的時間將所有原稿讀完以後，就將那疊紙遞給了打工青年。

「……怎樣樣呢？」

「這你讀過嗎，北田？」

「呃，我覺得實在不妥當，就沒有……」

「是嗎……」

「不過，這畢竟是霞詩子寄來的熱騰騰原稿，我稍微會好奇有什麼內容……」

儘管北田隨口找了理由……

其實，他被眼前的原稿勾起興趣，是剛剛才發生的事。

「這個嘛……讀得出是霞詩子。」

「原來如此，有霞詩子的文風是嗎？」

因為，他看著町田副總編的表情，足足有一個小時。

「而且，也讀得出是沙由佳。」

「啊，《戀愛節拍器》的那個沙由佳？」

因為他一直看著，她讀這篇原稿所展現的變化。

「還有……也讀得出是小詩。」

「……那不就跟副總編最初說的一樣嗎？」

「聽起來或許一樣，但是完全不同喔……」

「這樣啊……」

因為他目睹了，讀者慢慢、慢慢地，忘記時間，忘記自我，逐漸出神而「完全沉迷其中」的反應。

從町田，也就是從輕小說編輯的觀點來看，那篇「遊戲劇本」，是寫得十分出色的傳奇「小說」。

「以小說而言」，完成度之高簡直可以直接付梓出版（即使出在哪個叢書仍有檢討餘地）。這正是《戀愛節拍器》作者霞詩子的新境界，而且，也是實實在在地承襲其作風的正統後繼作品。

而且，從町田個人的觀點來看……那就跟《戀愛節拍器》一樣，是足以讓人痛徹心扉的「自傳小說」……

「那麼……接下來，得找下一個負責插圖的人選了。北田，你有沒有誰要推薦？」

「要放棄嵯峨野老師了嗎？不用再試著跟她交涉？」

「沒關係。假如對方改變主意，就會主動聯絡我們吧。再說……」

「再說？」

「……我不想跟讀了這篇原稿，還沒有任何感覺的人共事。」

「副總編……」

儘管町田自顧自地這樣耍帥……

實際上，她單純是有把握罷了。

因為，她看著嵯峨野文雄的表情，足足有兩個小時。

因為她一直看著，對方讀這篇原稿所展現的變化。

因為她目睹了，讀者慢慢、慢慢地，忘記時間，忘記自我，逐漸出神而「完全沉迷其中」的反應。

（附記一）

嵯峨野文雄寄來主旨為「我還是願意接這個案子！」的郵件，是在過了三天之後的事……

（附記二）

回家後，嵯峨野文雄完全成了傳奇系文字冒險遊戲的俘虜，就在網上搜尋各種資訊……

恰好就在那一天，她循線找到某款公開了體驗版的遊戲。

遊戲名稱叫《永遠及剎那的福音》……

九年前的寒假

註1：

這則短篇是以動畫版《不起眼女主角培育法♭》的設定為準，與原作《不起眼女主角培育法》的描述會有所出入。請各位諒解（認命）。

註2：

手上有原作的讀者，比對兩者的內容何處有區別，想來也會有一番樂趣（擺爛）。

※　※　※

「對不起，對不起，小倫……我……我遵守不了約定，對不起。」

「英……英梨梨……英梨梨～！」

有微弱陽光照進房間裡的上午八點多。

放了寒假，要賴床或早起應該都自由自在的早晨時段，少女橫躺在床，虛弱地發出嘀咕。

平時如白瓷般的臉頰，如今染上了紅暈，額頭更冒出大顆汗珠。

「來吧，倫也小弟，被傳染就不好了，我們差不多該走了。」

「可……可是，英梨梨她，英梨梨她～～！」

少女那有如風中殘燭般的衰弱臉孔與嗓音，對年齡相仿的少年來說，感覺好比切身之痛。

「她跟平常一樣得了感冒。看來是昨天興沖沖地玩過頭了。明明身體都還沒適應那須的冷天氣。」

「真……真的嗎？英梨梨不會死？絕對不會？你敢向天發誓？」

「是啊，倫也小弟，你既不用拖著她的棺材走動，零用錢也不會減半。」

女方的父親外貌與日本人有別，膚色也跟女孩子一樣白，卻用了流暢日文與純日本產ＲＰＧ（勇者○惡龍）的比喻，催少年到房間外。

「小倫……掰掰。」

「英梨梨～～～～！」

那對少年來說，是目睹過好幾次的熟悉光景。

即使如此，他每次遇到同樣場面，還是會像這樣哭得彷彿到了世界末日，要賴讓大人困擾，

同時也讓大人感到療癒。

那個少年，名叫安藝倫也。

那是他在小學二年級，放寒假到了第二天時……

他到好朋友澤村・史賓瑟・英梨梨（的父親）在那須高原擁有的別墅，於寒冷早晨所發生的事情。

※　※　※

「哎呀，小倫，你在做什麼？」

上午八點半。

英梨梨的母親一進廚房，就發現有人先到了。

「我……我在幫英梨梨做早餐……」

在別人家的瓦斯爐前面，靜靜盯著熱水壺在火上加熱的小客人（倫也），就像個惡作劇被抓到的小朋友一樣——雖然說，情況幾乎正是這麼一回事——露出尷尬的表情。

「哇，謝謝你。不過，用火是很危險的喔。這裡交給阿姨……交給大姊姊好嗎？」

「可是，我就快要煮好了……」

「你說快要煮好，是煮什麼……啊。」

在倫也的視線前方……桌子上面，擺著已開封的盒裝速食炒麵。

那是昨天抵達別墅前，順路到山腳的超市採購時，說了好幾次「媽媽會做飯！所以不用買泡麵！」兩個小孩也還是不聽，就大量塞進購物籃的泡麵之一……

「小倫，你聽我說，那孩子現在感冒了，頂多只吃得下稀飯……」

「可是英梨梨從昨天晚上，就一直說想吃這個……」

「啊～……」

出於外交官夫人的矜持（雖說以前是腐女），以往都不曾讓小孩吃過的垃圾食物，沒想到這麼能刺激女兒的食慾，這般事實讓她做了些反省……

即使如此，小孩在當下選了泡麵中最容易造成消化不適的速食炒麵，又是什麼樣的眼光呢？她仍拋不開這種想法。

像這樣，當她無法說服少年而猶豫不決時，從水壺冒出的熱氣就大聲通知水燒開了。

「啊，讓大姊姊來……」

「不用，我來弄。」

少年急急忙忙地提起水壺，然後動作有些讓人提心吊膽地將熱水倒入泡麵。

不久，熱水注滿了容器，變成褐色的熱水逐漸蓋過白麵條……

「小倫……你該不會先把醬包加進去了吧？」

「…………啊。」

於是從那天以後，他，安藝倫也……

據說就沒有再買過粉末式醬包的速食炒麵了。

※　※　※

「英梨梨～妳醒著嗎～？」

「小倫……？」

下午一點。

吃過沒味道的稀飯，為了讓稍微發燒的身體休息而躺進被窩幾小時後。

在醒來的英梨梨面前，倫也雙手捧了滿滿的ＤＶＤ包裝盒。

「燒退了嗎？能不能動？要不要喝水？」

「你跑進來房間，沒問題嗎……？」

「不要緊！我得到伯父跟伯母允許了！」

「是這樣……喔？」

早上，「因為感冒會傳染」而被趕出房間的倫也，儘管後來吃了湯裡有醬料味的泡麵（搞砸的速食炒麵），也還是沒有放棄照顧英梨梨的意思。

他耐心地跟英梨梨的父母交涉，為了說服「替別人家照料小孩總是有責任……」而遲遲不決的他們，還打電話回自己家裡，從母親口中得到了「不會給他們家添麻煩就好……」的承諾。

如此一來，要將好不容易邀請到別墅玩的小學男生一個人關在房間裡，澤村家也於心不忍，最後便講好「兩個人每天都一定要吃三次藥」的條件，拍板決定將他任命為女兒的看護工了。

「來，妳想看哪一片？這些全都是我剛才跟伯父一起從ＧＥ〇弄來的新鮮貨喔！」

「有動畫……！」

……唉，畢竟是由小孩來照顧小孩，也就不能期待他們懂得「要讓病人躺著靜養」了。

※　※　※

『能遇見你，我覺得，好幸福……』

『等等……拜託妳等等。』

『再見了……』

「…………」

「…………」

就這樣，目前兩個人坐在床上一同欣賞的，是某部知名美少女遊戲原作的劇場版動畫。

起用知名導演，搭配大張旗鼓的宣傳，更由於原作是公認的名作，從上片之前就引起眾多話題的那部作品……

卻因為導演獨創的謎樣演出，人設還偏離原作，劇情又太過缺乏說明而撇下觀眾不管，如今已成了在粉絲之間當作沒發生過的黑歷史作品。

哎，先不管那些……

『沙織？』

『…………』

『欸，沙織。』

『…………』

『沙織～～！』

「嗚……嗚嗚……」

「……英……英梨梨？」

「嗚嗚嗚嗚嗚……嗚哇啊啊啊～」

「咦……咦～！」

「不要啦啊啊啊～！不要死～！嗚哇啊啊啊啊啊啊～！」

「啊啊啊啊啊啊～！」

問題並非劇情說明不足又撇下觀眾，而是照著原作演的最後一幕。

應該說，明明要跟內心正脆弱的病人一起看動畫，卻不長眼地選了女主角在最後一命嗚呼的作品，像這種小學生的挑片方式才是最大的問題……

順帶一提，這部作品的名稱叫《Dear Memories（參照第一季第二話）》。

※　※　※

『英理。』

『……？』

『英理……我在這裡。』

『咦……』

「……（雀躍期待）」

「…………」

由於動畫沒挑好，這次英梨梨就換了口味，指定要玩某款知名的女性向遊戲。

那是她在最近大力推薦的作品《小小戀情狂想曲》。

『好久沒這樣了，和我一起到街上吧？』

『可……可是，騎士大人……』

『現在請稱呼我瑟畢斯……殿下。』

「……（小鹿亂撞）」

「……唔。」

而現在，英梨梨玩到的段落，正好是遊戲末尾的高潮戲碼。

身為公主的女主角英理（取名：英梨梨），被擔任聖騎士的青梅竹馬瑟畢斯帶到城外看煙火，並接受告白的超重要劇情事件。

……然而。

『好美的煙火……』

『嗯……是啊。』

『英理……妳聽我說。』

『咦？』

『接下來，我有話非得要告訴妳。』

「哇，哇，小倫你看！你看！」

「……不用了啦。」

「咦～！為什麼？這是瑟畢斯的告白場景耶！」

「我已經膩了！」

「呼嗯？」

畢竟，從英梨梨迷上這款遊戲後的幾個月以來……

「誰教妳每次都選瑟畢斯！即使我說想追吉亞士王子，妳也絕對不會讓我玩！」

對倫也來說，不管什麼時候到澤村家玩，肯定都會被逼著從第三年夏天的「珍藏存檔進度」

開始遊戲，還重複看瑟畢斯已經被攻略插旗，連任何一個選項都沒有換過的遊戲過程看了好幾遍……

「可……可是，瑟畢斯最受歡迎，長相和聲音也都讓人喜歡，再說……」

「我才不管妳的喜好啦！我已經不想再看瑟畢斯的劇情線了！」

哎，除此之外……應該說，恐怕這才是真正的原因……

雖然說，對方是遊戲裡的角色……不，正因為對方是遊戲角色，被迫看著跟自己要好的女孩子一直痴迷於特定男性的模樣，也會讓人心裡五味雜陳……

「…………………嗚。」

「啊……」

話雖如此，小學低年級男生的那種微妙心思，小學低年級的女生自然是無法體會。

「嗚……嗚咿，咿咿咿……嗚哇啊啊啊～」

「啊……啊啊……！」

「嗚哇啊啊啊啊啊～小倫，小倫你都這樣～！嗚咿咿咿咿～！」

「英……英梨梨？欸……妳別哭了啦～！」

後來，聽見哭聲的英梨梨父母趕到房裡，問出吵架原因，然後就一如往常地為此暖了心。

※　※　※

……呃，這段一如往常的情節，其實還有一如往常的後續。

「三十八．九度……妳玩過頭了呢，英梨梨。」

「……對不起喔，小倫。」

「唔，英……英梨梨，英梨梨……」

外頭天色早已暗得一片黑的下午六點多。

晚餐煮了粥端來的英梨梨母親順便替她量體溫，又比中午過後高了近一度。

窩在床上看動畫、玩電玩，一整天下來，英梨梨的活動確實還像個病人。

……話雖如此，既然她還跟男生一起大肆玩鬧，當中消耗的能量就不是平常能比的了。

「吃過飯就要立刻睡覺喔。」

「是的，媽媽……」

「還有小倫，你也要回自己房間喔。聽懂了嗎？」

「好……好的……對不起。」

「小倫，你既沒有必要道歉，也沒有理由哭喔。那麼，吃完以後再叫我吧。」

英梨梨的母親帶著跟平常一樣的賊笑臉孔，短暫欣賞過自己孩子與男朋友消沉地低著頭的模樣，然後為了不干擾他們倆（以今天來說）最後一次幽會，就匆匆離開房間了。

「咿嗝，嗚嗚……」

「你別哭了，小倫。」

「可……可是……」

因為如此，留在房間裡的人就跟之前一樣，只有他們倆。

感冒徹底復發的英梨梨，還有堅持要服侍英梨梨而一步都不退，勉強才拗到在現場多留一小時的倫也，用了讓人分不清是誰生病的對比態度，望著眼前正冒出熱氣的陶鍋。

「能不能……讓我吃一點飯？」

「好……好啊……」

不久之後，英梨梨將略為發燒的身體稍微撐起，輕聲開了口……

接到公主旨意的倫也就急著從陶鍋舀起粥，送進她的口中。

「好燙……」

「對不起！」

然而，沒經過「呼呼吹涼」的粥，對小孩的嘴還是太燙……

倫也苦惱了一陣子是否該「呼呼吹涼」，結果隨時間經過變涼的粥，這才好好地進了英梨梨口中。

「對不起喔，小倫。」

「對不起啦，英梨梨。」

對他們倆而言，彼此的那句道歉，對彼此而言並沒有必要。

畢竟，英梨梨總是會發燒，倫也總是會過度操心，他們倆在一起總還是會得意忘形玩過頭，結果，英梨梨的病情也總是會惡化。

因此雙方都沒有責任，他們倆都不認為是對方的錯。

只是兩人都打從心底認為是自己不好。

「我會好起來的……所以說，下次一定要在外面玩喔。」

「嗯……好啊。」

對他們倆而言，彼此的那句約定，對彼此而言並不具意義。

畢竟無論是過新年、過女兒節、過七五三、參加運動會、參加遠足，從以往的經驗來看，那都不曾實現過。

一到那種節日，英梨梨必然會像算準了似的病倒，然後失約。

然而，倫也始終都陪在淪落那種處境的英梨梨身邊，跟她聊天，跟她看動畫，跟她玩電玩。

所以他們倆，是如此由衷地享受著那種兩人獨處的時光。

「不過，假如明天、後天都還是好不了……那我們下次還要再來喔。」

「好啊。」

「不管到明年，還是後年，一直都算數，永遠算數……」

「我們絕對要再來！」

還有對他們倆而言，彼此的那句承諾……

到頭來，對彼此而言終究不具意義。

「換成明年，我會希望能多看看雪。」

「要去滑雪嗎？滑雪場就在附近。」

「好啊……如果小倫你想去的話。」

「……其實我不太感興趣。會冷。」

「啊哈哈……我也是。」

「在庭院堆雪人就夠了。之後就像今天一樣玩電玩……」

「再讓我玩小小戀曲……好嗎？」

「可以的話，我希望妳攻略瑟畢斯以外的角色……」

「唔……唔嗯～我會努力。」

「那麼，總之先吃飯吧，英梨梨。」

「嗯……」

「來吧，啊～」

「……好燙。」

「對不起！」

畢竟，英梨梨有活動時總會將倫也找來。

他們倆，總會一起過重要的節日。

那項前提，是不會被推翻的……

※　※　※

「倫也同學？」

「…………」

「我在叫你耶，倫也同學。」

「唔……嗯？唔嗯？」

倫也醒來以後，耳邊就傳來規律的噪音，舒適的震動感在全身復甦。

朦朧的視野裡頭，飛快橫越而過的街燈亮光慢慢地令輪廓變得清晰具體。

「要下高速公路嘍，就快到了。」

「伊織……」

那裡是車上。

倫也在後座醒來了，伊織從副駕駛座探身朝他講話。

在駕駛座，有今天頭一次見面，伊織所請的稅務師江中正默默地駕駛方向盤。

「我們要到前面的超市採購東西，然後再去別墅，這樣行吧？」

「咦？啊，好的……」

「不然，還是我跟江中去買就好？倫也同學，看你似乎也累了……」

「沒……沒有啦，我也一起去。那樣實在對你們不好意思。」

當倫也忙著應對伊織在今天一整天下來，都親切得不合其作風的講話方式時，現實就慢慢地滲入了他的腦子裡。

沒錯，目前倫也為了將留下驚心字句就斷了聯絡的英梨梨接回來，正在趕往她家那間位於那須高原的別墅路上。

要擔心的不只是她，還有得送廠壓盤的母片以及冬COMI，非思考不可的事情像山一樣多。

「不過，假如明天、後天都還是好不了……那我們下次還要再來喔。」

「居然……拖了九年這麼久啊。」

「什麼事情？」

「呃……我說了……什麼來著？」

那項約定，他們倆真的有彼此講好嗎？

或者，那是倫也後來跟英梨梨決裂，基於內疚才編造出來的便宜妄想？

對於忘掉了夢中情節，藉此適應現實的倫也來說，那已經無從確認了。

她沒有盡快回家

「…………啊～」

她醒來以後，就發現視線前方有陌生的……不對，有片還滿熟悉的天花板。

為了確認那是什麼地方而轉向旁邊，就發現有個跟自己年紀相近的男生，正在地板所鋪的被褥上，規律地發出打呼聲。

再稍微挪動視線，就發現擺在他枕邊的時鐘，剛走到上午八點半多。

「唉～～」

來到這一步，確實弄清楚自己目前的狀況之後，她……加藤惠，緩緩改了身體面對的方向，變成俯臥在床鋪上，然後發出了夾雜後悔與羞恥，而且情緒低落的嘆息。

昨天，她從學校直接跑來這裡……也就是目前睡在旁邊的男生安藝倫也家裡做了晚餐，然後一起吃，一起玩電玩，順便也向他說教，還一直說教到洗澡為止，甚至到鑽進床鋪也在持續發牢騷的記憶，都清晰地浮現在腦海了。

接著惠有十秒鐘左右，就在被窩裡懊惱，以相隔兩個月的幽會……不對，以商談而言，自己滿是毛病的態度、口氣與行為，究竟要道歉或者找藉口，還是索性翻臉不認帳呢……

「……去洗個臉好了。」

總之，她決定延後做結論。

惠一面留意怕吵醒倫也，一面靜靜地鑽出床鋪，然後拿起昨天買好的旅行盥洗包下樓，在洗臉台刷過牙，洗完臉……

她還順便用水壺燒了熱水，沖好兩人分的咖啡，準備回二樓才冒出「話說這不就是完事後迎接天亮的咖啡嗎？」這種多餘的念頭，因而猶豫了一陣，結果還是覺得「哎，也罷」，就把稍微變涼的咖啡端上二樓，將倫也叫醒了。

此外，倫也對於那杯咖啡，當然是沒有聯想到什麼充滿深意的由來，就心懷感激地用來提神了。

「安藝，你讓一下。我要收拾棉被。」

「不用啦，之後我會弄。」

之後，惠打開窗戶，將自己用過的蓋被（倫也的）晾好，接著就開口把仍然坐在被褥上，還用雙手捧著杯子悠悠哉哉的倫也趕起來。

她那副模樣，簡直像住宿房客早上還沒離開夢鄉，就好似要趕人而貿然闖進房間收拾棉被，不通情理到讓人無所適從的旅館女侍……

「可是，我都在你家過夜了，不能再多添困擾。」

「呃，妳現在立刻收棉被才叫困擾……」

「那也沒辦法啊。我再不回家可不行。」

「呃，現在還不到九點嘛……」

「可是，我從昨天早上已經有一整天沒回家了，這樣子實在不好。」

「對喔……說得也是。」

對倫也來說，惠從昨晚那種亂亢奮的調調搖身一變，在應對方面回到如平常般的淡定，倒也不是沒有一絲落寞感。

即使如此，既然她本人叮嚀過「到了明天，你要忘掉現在的我喔……」倫也總不好再提起那些，也只得不情願地點頭了。

「那麼，昨天有許多事都謝謝妳了，加藤。週一學校見……」

「所以我們要盡快吃早餐。安藝，你也趕快去洗臉。」

「呃，我是打算……就這樣睡回籠覺。」

「居然不吃早餐……那樣血糖值會上升喔。」

「……感謝妳為我擔心，但是那種大叔味濃厚的理由感覺好難接受。」

不過，先不管那令人落寞的冷淡應對……

距離或許會讓人覺得更寂寞的別離時刻，似乎還有些緩衝的時間。

※　※　※

「來，安藝，白飯這樣夠嗎？」

「何必特地煮呢，吃昨晚剩下的咖哩就好了說。」

「可是一大早吃咖哩不會消化不適嗎？」

「……欸，加藤，妳是把我的內臟年齡當成幾歲啦？」

「好啦，咖哩可以留到晚上再吃。你爸媽今天也不會回家對吧？」

上午九點多。

客廳的桌子上，擺著白飯與味噌湯，還有煎蛋、小熱狗及沙拉，相當標準的菜色，呈現出相當有日常感的日本早餐景象。

……除了圍著餐桌的兩個人，是共度一夜到天明的高中男女生以外。

「加藤，我問妳喔，妳平常就會做菜嗎？」

「頂多只有在假日中午吧……而且，頂多就剛好在家的時候，我會煮自己吃的份。」

「……假如妳這時候可以說得比較像：『其實，為了將來能夠做給你吃，我一直都在練習喔……』感覺就更接近第一女主角了。」

「說起來，或許做菜的技術對於一起生活是很重要，但我不覺得高中生交往必須有這種技能耶，你認為呢？」

「美少女遊戲的玩家觀念就是這麼傳統啦！妳要懂嘛！」

「但我覺得那些人還是別拘泥於那種偏頗的理想，找個比較實際的妥協點會比較好耶。」

「聽好了，加藤，妳是要當第一女主角的。要說的話，妳就是得以美少女玩家會憧憬的完人為目標才行……」

「既然如此，我會希望男主角也安排成可以和那種第一女主角相配的完人耶。比如每天都要睡到讓青梅竹馬來叫醒人的生活習慣，還有邀千金小姐到牛丼店的不長眼性格，會覺得這樣安排反而好的觀念，是不是不太對呢？」

「別別別！連對二次元男主角都要求那麼高的話，我們以後在現實裡要期待什麼活下去！」

「啊～現在談的終究是遊戲裡的事，對現實中的男生就不會要求到那種地步。你想嘛，我們女生這邊，也都明白要跟現實妥協啊。」

「夠了！我不需要那種意見，趕快吃飯啦啊啊啊～！」

話雖如此，那對高中男女生在共度一夜到天明之後的距離感，跟昨晚那種格外親近又情緒化

的調調，果真已經有了差距。

……與其說，她算好了要這樣，倒不如說，這只是在為昨晚溢流的情緒做復健罷了。

※　※　※

上午十點多。

用完早餐，也順便洗完餐具。

東忙西忙地把許多事情收拾好的惠上了二樓，就表示「讓我換一下衣服」，將倫也的房間占據片刻。

於是，當她再次出現在打開客廳電視殺時間的倫也面前時，身上就換回原本來這裡時的制服了。

「那麼，安藝。」

「這樣啊……那，週一學校見……」

「你身上穿的也要洗，所以能不能趕快脫下來給我？」

「……啥？」

惠確實換回制服了。換是換了回去……

但不知道為什麼，她手上拿的不是書包，而是洗衣籃。

「看嘛，我現在要洗跟你借來穿過的運動服，可是光洗這套衣服太浪費。」

「呃，妳不用那麼費心啊。」

「我只是主動想做這些，所以你可以放心喔。畢竟，讓你洗我穿過的衣服，感覺不是滿討厭的嗎？」

「我沒有要洗啊，衣服會請爸媽幫忙洗的啦！」

「那樣也很微妙耶。你想嘛，我來打擾過好幾次了，會覺得說不想在這種事情上面麻煩到你的爸媽。」

「還有其他衣服要順便一起洗啦！不會麻煩到他們！」

「既然這樣，我現在順便洗其他衣服，也沒有什麼差別對不對？」

「差別大了吧！」

「啊～這種事情還要一一跟你爭的話，會拖到我回家的時間喔，衣服趕快給我，來。」

「呃……我……我跟妳說喔。成天都穿著睡衣懶洋洋地過，可是我在假日的享受耶。」

那時候，倫也應該也可以回嘴：「那妳別洗衣服了，趕快回去不就好了嗎？」

「已經十點了耶。再怎麼說也應該切換過來了，安藝。」

「妳的生活態度還真是踏實……」

然而，結果他避開了那種「說出來應該就會沒戲唱」的字句，一面裝模作樣地表示抗拒，一面還是不甘不願地上二樓換衣服。

就這樣，所謂的「兩人早晨」，仍會持續一陣子。

※　※　※

接著，到了上午十點半多。

「啊，安藝，不好意思，你能不能再離開房間一下？」

「要打掃就免了啦！」

於是，倫也怕干擾到開始洗衣服的惠，只好回自己房間乖乖地開啟電玩主機，這會兒手上改拿吸塵器的惠就出現在他身邊了。

「可是，客廳跟廚房都打掃完了，要進你爸媽的房間也未免有失禮節，只剩這個房間還沒有打掃耶。」

「留著沒關係啦！妳真的不必替我爸媽著想，不然至少替我著想嘛！」

「可是我沒有向你爸媽徵求同意，就擅自留下來過夜，總覺得很微妙……」

「沒關係啦，之後我會跟他們交代清楚！」

「那樣好像也會造成猜疑，感覺不太好。所以我是在想，起碼將自己待過的痕跡清乾淨。」

「整個家都被妳打掃得亮晶晶，反而更能看出痕跡啦！夠了，妳就跟我一起玩遊戲吧！」

倫也說著，就將玩到一半的P●主機電源切掉，連忙從櫃子裡拿了《瑪●歐賽車》出來。

「…………」

「…………」

然後，到了將近上午十一點。

正如倫也的盤算……能不能這麼想倒是難講，總之，惠終於從一波波緊湊的家事歇了下來，在倫也旁邊握著遊戲控制器，還像外行人一樣地將身體左搖右擺地開車過彎。

「不過，我有點意外耶。」

「意外什麼？」

「原來安藝也會玩任●堂的遊戲。我還以為你是索●信徒。」

「談那個（電玩主機之爭）會引起不少糾紛，妳就別說了。」

「再說，我還以為你都朝美少女遊戲一面倒，原來你家也是有這種遊戲。」

「那還用說，我只是最喜歡美少女遊戲，並沒有排斥其他類型啊。尤其像這種適合拿來招待的遊戲，我大多都有掌握清楚。」

「可以的話，我也希望你一開始就用這種游戲招待我……」

「…………」

「…………」

然後，到了上午十一點半多。

「……我說啊，加藤。」

「什麼事，安藝？」

「妳進步的速度還滿快的耶。」

「沒有啊，我倒覺得普通。」

「不，妳很猛耶。不知不覺中就變得都不會失誤了，也不會硬拚，還懂得冷靜看清戰況。」

「是喔？」

正如倫也所點出的，當遊玩次數超過十次的時候，惠跟他的勝敗場次，開始呈現出幾乎平分秋色的局面了。

「還有，妳用干擾道具的方式也相當絕妙。」

「咦～我覺得沒有那種事耶。」

只不過，一開始倫也連贏了五場，因此這幾次的戰績……

「有啦。妳都若即若離地跟在我後面不遠處，到最後一刻才超車追過我。」

「我覺得我只是用普通方式在開車啊。」

「不不不，簡單來說，就是妳很擅長陷害人。」

「…………」

「不愧是加藤，假裝得一派淡定，其實切開來都是黑……啊啊！」

……話還沒說完，倫也的車就在終點前猛烈打轉了。

「再一次！再一次！」

「咦～還要比喔？」

後來又過了一段時間，兩人間的比賽次數已經遠遠超過三十場了。

「對啊，畢竟就這樣罷休的話，會等於我服輸了！」

「呃，原來你還不服輸啊……」

此外，戰績是倫也就贏了五場……

「我贏過一次就可以停了……啊，但是妳放水的話可不行喔！故意輸給我就不算數！要認真比！」

「嗯，我發現你還是逼別人玩美少女遊戲，然後一臉得意地解說比較無害……」

「我知道自己被講得滿難聽的……可是！即使如此！男人就是有明知道會輸，也非得挺身而戰的時候！」

「現在並不是那種時候啦。肯定不是。」

「就算那樣……拜託妳，加藤。求妳跟我比賽，再一次就好！」

「安……安藝？」

「為了讓我當個男人……拜託，陪我一起玩！」

面對倫也如此不講理、任性而又丟臉的懇求，惠的答覆是……

「可是，已經過中午了，我差不多該……」

「……啊。」

她指了房間一角的時鐘來回應。

時鐘的數字在不知不覺中過了十二點，ＡＭ變成了ＰＭ……

「對喔，說得也是……」

時間已經連「差不多該回家了」的最後底線都微妙地超過了。

所以，惠告訴他……

「我們是不是可以休息，然後吃飯了？你一定是肚子餓讓集中力下滑嘍，安藝。」

「……咦？」

不，然而，惠一開口……

不知道是有意或者無意，對於那件事，她絲毫沒有提及。

※　※　※

「因為咖哩這種料理，時間過去以後就會讓香料的風味跑掉啊。」

「妳說什麼？加藤，難不成……妳是支持咖哩要在第一天吃的那派？」

然後，時間已經完全到了下午。

「妳不懂！妳那樣根本一點都不懂喔，加藤！」

「我也不是不能了解安藝的主張，不過老實說這是個人喜好的問題吧。」

不過，惠那句「該回家了」似乎仍未到來，他們倆正一起度過從昨天數來已經是第三次的兩人共餐時間。

「聽好嘍？第一天的咖哩，無論食譜再怎麼正確，再怎麼忠實地重現了道地口味，藉由擱置一整天，第二天的咖哩用香料風味及蔬菜原形換取到了香醇口感，對於開拓出第五種味覺『鮮』的日本人來說更合口，這就是鐵一般的事實！」

「啊～對對對，真期待今晚的咖哩呢。」

此外，雖然他們倆談咖哩談得如此熱烈，不過，目前他們吃的……並不是昨天剩下的咖哩，而是惠用冰箱裡的材料湊合煮出來的拿坡里義大利麵。

「…………」

「…………」

接著，時間終於也過了下午三點……

「妳要好好地烙進眼底，加藤……這正是『戀愛喜劇動畫失敗作』的最佳範本！」

「呃～原來我被迫從第一話看起的，是那麼失敗的動畫啊？」

根據倫也「飯後立刻做（手指）運動對消化不好」的理論，才舉辦的動畫鑑賞會，已經播到了第五話，主要角色全部到齊了。

「對，就是那麼失敗！我打從心裡覺得這部作品不行。光是挨一次罵就在轉眼間迷上主角的千金型女角；毫無阻礙地就從童年時期要好到現在的青梅竹馬型女角；單純負責賣弄姿色的學姊型女角……根本沒有下任何工夫，全是照著樣版套進去而符號化的女角嘛！」

「呃，我不是想問具體而言失敗在哪裡……」

「說真的，要拿這個來比，我還比較肯定『登場角色的言行都近似瘋狂，讓人搞不懂導演和腳本家在想什麼的動畫』！雖然我不會講出具體的作品名稱！」

「所以我不是要談那些……一直看心裡覺得失敗的作品，不會浪費時間嗎？還不如趕快停止看下去，把時間用得更有意義……」

「不，加藤……妳遺漏了要緊的部分。」

「是嗎？」

「對，用來看失敗動畫的時間，絕對不會白費……舉例來說，如此懷抱著不滿，就會覺悟到『自己可不會搞砸成這樣』，將負面教材銘記於創作者的內心。」

「我覺得看好的動畫吸收進去會更有幫助耶……」

「更何況！說不定，之後的意外發展，也有可能讓作品一舉爆冷門，變成意料外的名作啊！到時候，可以自稱該作真正粉絲的人，就只剩從最初便死心塌地持續看下去的天選之人了！」

「你說的爆冷門是……啊～比方女主角突然就一命嗚呼嗎？」

「……加藤，妳坐到那裡一下。」

於是，即使演到要讓觀眾歇息而安排了服務劇情的第六集，倫也的說教……不對，倫也的實況依舊停不下來……

「演完了耶……」

「是啊……」

「結果一直到最後，劇情絲毫、完全、一丁點都沒有爆冷門呢……」

「單純無聊到連要玩哏都玩不起來……哎，我是第二次看，所以都曉得啦。」

「……抱歉，我可不可以打從心裡說一聲『什麼跟什麼啊』？」

於是，等到整季節目看完以後，太陽西斜，房間裡已經完全籠罩著昏暗的夕陽。

不，看起來會那樣，或許也混了他們倆「明明是放假日午後卻將時間過得太浪費」的黯淡心境在裡頭。

※　※　※

「那，我要走嘍。」

「嗯……」

然後，時間到了下午六點……

即將從傍晚，轉變成暮色低垂的時分，惠終於表示：「抱歉，再晚就不好了。」並挪起沉沉的腰走到玄關。

還有，在此之前，不知道是看了爛動畫帶來的虛脫感或者另有因素，當房間逐漸被昏暗支配的這段時間，他們連燈都不開，不經意地就懶洋洋耗掉的一小時也要考量進去。

「週一再見嘍。」

「下週起，妳可不要忽視我喔。」

「啊～似乎也發生過那種事情呢……雖然感覺已經像好久以前了。」

「妳喔……」

真的就像好久以前一樣。

他們倆在這兩個月之間，幾乎沒有交談過，沒有互相表露真心，甚至讓人懷疑會不會一句話都不說就直接拖到畢業的那種氣氛，惠已經想不起來了。

……那是因為，她再也不想去回憶。

「那，安藝……咖哩，你要加熱過再吃喔。」

總覺得，打開玄關那扇門的手好沉重。

外頭的寒冷，還有昏暗，都想把自己推回去。

即使如此，惠仍擠出最後的力氣，從自己待了整整一天以上，彷彿會錯認成歸宿的這個家，將腳步踏出……

「欸，加藤……」

「嗯～？」

「第二天的咖哩……妳不吃過再走嗎？」

「啊～……」

於是，倫也的那句話，雖讓她微妙地游移目光，腳步卻頓時停了下來。

「我覺得用火煮過，濃醇的滋味出來以後，絕對會比昨天更好吃耶……」

於是，倫也的那句話，雖讓她微妙地心思搖擺，身體卻依然轉了過去。

「我還是覺得第一天煮好的咖哩會比較好吃耶。」

「不然……妳要不要跟我一起確認？」

「……哎，或許你那錯誤的味覺是需要矯正。」

於是……花了約三分鐘穿上去的鞋，不到一秒就被脫掉了。

「好～包在我身上！就請妳吃一客由我細心熬煮過的第二天咖哩！」

「只是把我做好的咖哩重新加熱，你何必說得那麼威風呢。」

加藤家的週末

「我回來了～」

「歡迎回家～」

「……咦？」

主動在到家時打招呼，卻對有人回話發出了納悶的聲音，是因為目前時刻為週六晚上十一點多，時間已經挺晚的了。

換成平時，熟知客廳在這個時段不會有家人的加藤惠，並沒有要特地向誰打招呼，而是為了製造「我滿早就到家了喔～」的不在場證明才開口的。

可是那一天——二月下旬的週六，相隔兩個月跟身兼同學與社團伙伴，同時又說不準有沒有其他關係的朋友安藝倫也和好，順便還在他家孤男寡女地待了二十四小時以上，什麼事都沒有做（各方面）就回到家，讓自己微妙地搞不清楚在家人面前是否還能表現得一如往常——偏偏就在這樣的日子，從客廳裡傳來了感覺耳熟，卻好久沒聽見的嗓音，使得惠全身緊繃，並且慢慢地朝著走廊裡頭走，於是……

「……宏美姊姊？」

「惠，妳回來得真晚耶～」

她在客廳沙發上，碰見了像待在自己家一樣閒適自在的「那個人」。

「……呃，姊姊怎麼突然來了？妳在過年時才回來過的吧？」

「啊～～妳怎麼一副像是嫌麻煩的反應？難得我想姊妹倆聚一聚，才專程回娘家的說～」

沒錯，她是比惠大六歲的姊姊，加藤宏美。

「沒有啦～～我老公在今天早上到中國出差了，閒著也是閒著，所以我就回來啦～」

……前面提到的是舊姓，這位是在去年六月結婚，理應已經離開家裡的姊姊，吉永宏美。

「哦～這樣啊。那姊夫什麼時候會回來呢？今天晚上？」

「假如是當天來回，我就不會特地從濱松來這裡了。」

「是喔，真令人落寞。難得有機會，妳可以跟著姊夫一起出國的說。要不然趁現在趕去也是可以。」

「……妳那種明顯在排斥的反應是怎樣？難道妳不希望我回來？」

「怎麼會呢，才沒有那種事呢～」

感人的相聚隔了約一個月半，惠卻運用拿手的社交辭令（冷處理），微妙地想跟姊姊保持距離。

這是因為，她對「今天的」惠來說，在某方面而言，是比父母還要難纏的「自己人」。

「哎，算啦。對了，好久沒煮飯給妳吃了，要不要我下廚？惠，妳應該餓了吧？」

「啊～我吃過才回來的。」

「哦～這樣啊？妳吃了什麼。」

「我吃的是咖哩。」

「在哪裡？」

「……那是非得告訴姊姊才可以的情報嗎？」

「……也算不上值得讓妳賭氣說絕對不透露的情報吧？」

「…………」

沒錯，在她面前，惠以往於加藤家建立起來的信用微妙地不足。

「還有我說啊，妳怎麼會穿制服？今天是週六耶？」

「那是因為……我跟媽媽都有說清楚了耶。」

「是嗎是嗎，妳在什麼時候和誰在一起做了什麼，都有跟媽媽報告清楚對吧？我懂了，那我明天早上跟媽媽確認就好嘍～」

「……我從昨天就待在朋友家裡，討論社團活動的事情啦。會穿制服，是因為我放學就直接過去了……」

雖然說，相較於會聯絡得相當頻繁，隨時表明自己的所在處及人身安全，藉此洗腦……不，藉此信得過「惠出門到哪裡都不用擔心」的父母，惠在姊姊面前缺乏信用是理所當然的事。

「妳在外頭過夜啦？那換洗衣物呢？」

「……我跟朋友借了衣服。」

「什麼嘛～原來妳說的朋友是女生喔。沒意思～」

「當然啦。姊姊，妳對妹妹是怎麼想的啊？」

「那個女生，叫什麼名字？」

「她叫英梨梨。在社團負責畫插圖。」

「所以，內衣褲也是跟那個叫英梨梨的女生借嘍？」

「那些我會在去她家的途中買好啦。」

「呼嗯～～」

「……妳講話不要用那種口氣好不好。感覺像被人懷疑一樣，很不舒服耶。」

然而，惠之所以微妙地怕姊姊，有更多因素在於她是曾經讓惠傻眼的負面教材，同時也是偉大的先驅。

「啊，妳那句話裡的『感覺像』可以不用加上去～」

「……唔。」

畢竟，從她們在這個家一起生活的時候，只有惠曉得姊姊隨便找了理由說「到朋友家念書準備考試」、「到朋友家寫畢業論文」、「到朋友家跟女生聚一聚」，就老是出門夜遊或在外過夜的那段期間，其實都是跟什麼人待在一塊。

……哎，對方就是她現在的姊夫。

「唔嗯～惠，妳的功夫還不夠呢。很能看出妳不習慣說謊。」

「啊～是是是。幸好妳有個老實的妹妹。」

「哎，也沒辦法啦。教妳『在許多真話裡，混一點點謊話進去就不容易穿幫』這招的，並不是別人……」

「換成姊姊的話，就會變成『在絕大多數的謊言中只有一項是真的』了。」

「『咖哩』和『朋友家』和『討論社團活動』和『借了衣服』和『買內衣褲』應該都確有其事吧？可疑的部分是『她叫英梨梨』這一句？」

「…………」

此時，惠才曉得自己早就落入巧妙套話的天羅地網之中了。

姊姊故意死纏爛打地追問，全是為了逼她說這句「沒必要的謊」……

※　※　※

「所以嘍～妳其實是到男朋友家過夜了吧？」

為了逃離客廳……不，為了回房間，惠匆匆爬上樓梯，追問的聲音仍從她身後逼近。

「什麼男朋友啊？妳說我是什麼時候，在哪裡，出於什麼理由，用了什麼方式交到的呢？基本上，誰是我男朋友？」

「名字我不曉得，但妳想嘛，就是那時候的男生吧？」

「那時候是什麼時候？幾分幾秒星期幾？」

「我記得是在去年五月初[參照第一季#3]，妳為了見男朋友，就在北海道旅行途中趕回來了不是嗎？」

「……反正也只是問好聽的，我覺得妳不用過濾得那麼細耶。」

「因為我要結婚了，明明是全家人最後一次出門旅行……說到妳跑回來之後，爸爸可失落的嘍。」

「關於那件事，我已經對爸爸道歉過好幾次了……欸，我要換一下衣服，妳別進來啦。」

「當姊妹到現在還有什麼好害羞的嘛～」

姊姊更是不理想趕人出房間……不，想關門換衣服的惠，還闖進房裡，大剌剌地坐到床上。

「對了對了，我也聽小圭[參照第一季#4]說過。明明講好要一起去購物中心的，妳在家庭餐廳遇到男朋友，就立刻換了一個伴。」

「…………圭一哥的口風會不會太鬆了點呢。」

「無論怎麼想，那跟旅行時讓妳趕回來的都是同一個人對吧？照小圭的說法，他似乎是性格滿嗨的有趣男生……」

「哎喲～姊，妳好煩喔，拜託能不能安靜？」

惠脫掉制服，連客氣都不客氣地把衣服扔旁邊，還由衷困擾似的朝姊姊回嘴。

然而，妹妹那種顯然是「中招了中招了」的反應，當然足以挑起姊姊的嗜虐心……不，探究心。

「在全家人旅行時為了男朋友趕回家，還對表哥臨時爽約……惠，總覺得妳一交到男人，就變成壞孩子了耶～」

「跟妳說喔，那可是天大的誤解，我非得誠心誠意地將誤會解開，所以才對妳解釋的喔。」

然後，妹妹對姊姊那種幼稚的挑釁，也沒有成熟到可以淡定地忽略過去，連家居服都忘了穿就開始反擊。

「那時候，我會回來還有臨時爽約，都不是為了男朋友，而是為了社團耶。」

「啊～這麼說來，聽說妳現在加入了遊戲製作社團？被御宅族男友慫恿。」

「表示呢，狀況根本就和妳講的不一樣喔。」

「除了男友（男方是御宅族）以外的部分倒是真的……」惠硬是忍住會讓話題帶回去的這句話，又繼續辯解……繼續提出主張。

「那時候，我從北海道回來，是因為社團處於剛成立的重要時期，決定換成跟朋友去逛街，則是為了替遊戲找題材。」

「那不就表示，當時妳會趕回來還有臨時爽約，都是為了跟他在一起嗎？」

「沒錯。所以基本上，要稱他是男朋友也不太恰當……」

「那，妳承認昨天就是在他那裡過夜的嘍？」

「…………那不是我想表達的本質，要講幾次妳才會懂呢？」

不過，無論她怎麼努力將話題帶到自己所要的方向……

對於一同度過十幾年歲月的姊妹來說，當中就是有她們才發掘得出的弱點兼本質。

※　※　※

「所以嘍，問題並不在於那是誰的家啊。」

「啊～好好好。說得對，無論那是男朋友的家或同學的家，穿著制服在男生房間裡過了　夜的事實也不會消失嘛～」

於是，這次惠溜到了浴室……為了洗澡而進浴室，隔著一道牆就有逼迫的說話聲從更衣室響起。

「他家只是社團活動的據點。大家一起在那裡忙到早上是家常便飯。除了我以外，也還有好幾個女生……」

「那昨天有其他女生在嗎？妳隨便舉一個。」

「………」

「我告訴妳喔，網路上都有越燒越旺的緋聞對吧？那都是一開始想隨便敷衍過去，才會讓事情鬧大的喔。」

「事情又沒有鬧大。我本來就沒有做任何值得鬧大的事情。」

「既然如此，妳從一開始就大方說清楚『我到男生家過夜了，但是什麼都沒有發生』我就會回答『是喔』，也不至於像這樣問妳問到底啊。」

「騙人，妳絕對在騙人，妳絕對會見獵心喜地要我講清楚才對。」

為了蓋過從更衣室傳來的不快雜音，惠嘩啦嘩啦地拍打熱水。

「就算那樣，惠。換成去年以前的妳，我想妳還是會先老實說，即使之後被我問東問西，妳也會一臉嫌麻煩地回答喔～」

不過，惠從十七年前就曉得，光是這樣也無法讓對方害怕或嘴下留情。

「畢竟，我記得妳在北海道時，有話都會直說的啊……無論是社團要開會，還有社團的代表是男生這一點。」

「那是因為……我根本沒有必要掩飾那些事情啊。」

「……那不就表示妳現在變得有必要掩飾了嗎？」

「…………」

「因為昨晚在外過夜，跟以往的社團集宿完全不一樣……所以妳終於感受到以往從未有過的內疚感了，不是嗎？」

「唔……」

「然後，那也表示，對方在這一年之間從普通朋友升格為妳重視的男生了……」

「我想悠悠哉哉地讓身體泡到暖，妳差不多可以出去了吧？」

昨晚，惠才拒絕悠悠哉哉地將身體泡到暖，還狠狠唸了倫也一頓，她撇開這件事不管，把臉泡在熱水裡噗嚕噗嚕地抱怨。

「妳在敷衍對吧？知道說謊不管用以後，妳就改用轉移話題的方式逃避了，對不對？」

可是，惠並沒有信心可以靠那種半吊子的迴避手段，甩掉這位比年齡差距精明得更多的年長女性。

此外，她在潛意識中會不擅長應付年長女性（霞之丘詩羽），據說與這樣的家庭環境也不無關係。

「哎呀~這樣我更要問個仔細才行了。惠，今晚我不會讓妳睡喔。」

姊姊的舌鋒與追問，越來越得意忘形。

在門的另一邊，與其說是存疑，應該有雙已經完全切換成期待的眼睛，正朝著惠這裡露出凶光……不，正在炯炯發亮才對。

根據惠的經驗，要讓變成這樣的姊姊閉上嘴巴，只有全部從實招來，或者用哭的混過去兩種選擇。

但前者到底不是可以容忍的行為，而後者惠更不可能容忍。

更重要的是從昨天算起，究竟要她哭幾次才行啊……

「…………說起來，姊姊懂得什麼呢？」

「我就是不懂，才想跟妳問清楚……」

「妳不懂對吧？妳不懂我昨天，不，妳並不懂我這陣子，都是抱著什麼樣的心情在過日子，對不對？」

「……惠？」

惠不小心數了自己從昨天哭過幾次，於是……

「在年底，在冬COMI……

感覺遇到了好多事情，讓我脫口說了好多話……

變得好像是我自己要發飆一樣。

安藝都沒有任何自覺，嚴格來講也大多沒有做錯事。

可是沒辦法啊。是我自己氣起來的。

我就是覺得，沒辦法原諒他嘛。」

這幾個月來，自己懷有的麻煩心結，又不小心復甦了。

「說出來以後，我馬上就後悔了⋯⋯

然而我下不了台。

要單方面說他有錯，也是我的自由，

可是要道歉也很奇怪，拿這些顧慮叫我別發飆，我也聽不進去。

⋯⋯所以，彼此會不會就這樣變得疏遠呢？

那段開心的日子，會不會再也回不來呢？

那樣的話，我覺得好可悲。

實在是，太可悲了⋯⋯！」

「呃～表……表示我過年回娘家時，妳之所以亂陰沉的，就是因為……」

「足足兩個月喔？兩個月耶？

那段期間，我們一直沒有講到話喔？

而且，還是我自己要這樣的喔！」

「我……我說啊，妳會把事情放在心裡這麼久，那不就是動真情了嗎……」

「所以，所以說……

昨天，是特別的日子耶。

我就是不想回家啊。

那是理所當然的事，也不可能會跟他發生什麼。

畢竟，即使什麼都沒發生，也已經夠了。

講話講個不停，然後發脾氣，然後聽他道歉……

對我來說，光是能那樣，就已經是最棒的一天了……

我好高興可以發脾氣，所以聽他道歉以後，我又氣了起來，

脾氣越發越久，心裡也就越來越高興……」

「咦？咦……咦～？」

根據惠的經驗，要讓變成這樣的姊姊閉上嘴巴，只有全部從實招來，或者用哭的混過去兩種選擇。

然而，其實她從小就知道，還有更強的一招。

那就是別為了將事情混過去才哭，而要動真格哭，這就是她最強的招式……

「妳對這些都明白，才來消遣我的嗎？

妳是用家人的立場，來貼近我的心思的嗎……」

「啊啊啊啊啊～！對不起，對不起嘛，惠～～！」

浴室的門被用力打開，做姊姊的宏美衝了進來，使勁摟住在浴缸裡一邊哭，一邊泡得發昏的惠。

當時，惠看見了，姊姊被逼急了的表情……

感覺那跟她的「男朋友」，在昨天露出的臉色一模一樣。

※　※　※

「對不起喔，惠……」

「……什麼事？」

「在妳難過時，沒能陪在妳身邊……」

日子變成了週日。

沒必要再逃避的惠，在自己房間，鑽進自己床鋪並且關了燈以後。

「對不起喔，我沒有待在能夠聆聽的地方，聽妳傾訴無法告訴任何人……只能對姊妹說的煩惱。」

沒理由再讓惠溜掉的姊姊帶了棉被到她的房間，在變得黑漆漆的房裡，用了跟之前不同的另一種溫柔，朝著最心愛的妹妹細語。

「……重要的是，我希望妳不要再拿那件事情消遣我。」

「啊~那我辦不到。絕對辦不到。畢竟妳讓我聽見了這麼有意思的事~」

「哎……」

「還有，恭喜妳呢，惠。」

「恭喜什麼啊？」

「妳終於遇到了那樣的對象啊。」

「……雖然到目前為止，我幾乎沒有什麼好的回憶。」

「相對的，妳留下了辛酸的回憶對吧？那是別具分量的喔。」

「哎，真是……」

連續兩天，讓人在枕邊軟語連綿……

惠一面想著「如果這變成習慣就傷腦筋了」，一面還是舒暢得逐漸將全身寄託在其中。

「是嗎是嗎，惠，妳終於也對男生動真情啦～」

「才沒有。」

「妳從剛剛，就一直將拌嘴和秀恩愛的雙方面事蹟講給我聽，還說這種話？」

「那只是在跟朋友拌嘴，然後跟朋友和好而已。」

「妳還像這樣清楚地予以否認，而不是忽略過去呢～」

「我只是在改正錯誤的情報……可以睡覺了啦。」

「呼嗯，這就是安藝倫也小弟啊……」

「妳偶爾也聽別人講話好不好？」

宏美鑽出被窩，然後拿起陳列於矮櫃上的相框。

相框裡，有五名男女和睦地在疑似高原的地方留影……男女比例說起來一面倒的社團伙伴集合照。

而在照片中，包含妹妹在內的四名美少女之前，有看似害羞坐下來的唯一一名……

「……哎，看來是琢磨過就會發光的素材嘛。」

「他的內在還更誇張喔。」

姊姊刻意不談及目前的加工狀況，只給了曖昧評價，妹妹就更加辛辣地往下修正。

然而她說話的表情，卻顯得頗為自豪……

「哎，之後妳無論跟他發生什麼都可以放心。所幸呢，宏美姊姊今天把事情全部弄明白了，要陪妳討論任何事都可以喔。」

「我倒覺得繼續加碼讓妳消遣的材料並不是良策。」

「不然妳要跟爸媽討論嗎？像今天一樣，把至今為止的事情，全部從頭說明。」

「那樣也好麻煩喔……畢竟，爸跟媽都悠悠哉哉的。」

「好，就這麼決定！要是妳又跟倫也小弟吵架就聯絡我。我會搭新幹線立刻趕過來！」

「妳也別用那種期待我們吵架的口氣好不好……我滿受傷的耶。」

「啊哈哈，抱歉抱歉。那我會一面祈禱永遠收不到妳的哭訴，一面等著妳。」

「雖然說，我想是不會再發生了，萬一真的有狀況……就要麻煩妳嘍？」

「好啊，包在我身上……那麼，該說晚安了，惠。」

「嗯……晚安，姊姊。」

※　※　※

「……惠，我順便跟妳說一聲喔。」

「什麼事？」

「我們家爸媽確實都悠悠哉哉的，但是直覺可不遲鈍喔。」

「什麼意思？」

「別看他們那樣，其實對女兒的動向幾乎都心裡有數，所以妳最好要小心。」

「不會吧。」

「我說真的。當我第一次把男朋友介紹給他們認識的時候，才發現以往說的謊全都露餡了，超嚇人的。」

「…………咦？」

通往劇場版的分歧點

「惠，妳剪頭髮了耶。」

「啊～對呀。」

四月初旬。

豐之崎學園，不，東京都內幾乎每所學校都在舉行開學典禮的日子。

「我……我問妳喔，那該不會是因為失戀才……」

「不是啦。要說的話，英梨梨，這跟妳也有關係。」

「抱……抱歉……」

而在開學典禮開始前的短暫空檔，有兩個女生從樓頂望著校庭的景色。

其中一個女生，輕輕晃了晃相隔許久才改回的鮑伯短髮，還用有些責怪的視線朝著對方。

另一個女生承受到那略為嚴厲的視線，同樣輕輕晃了晃金色的雙馬尾長髮，然後將視線落在地上。

加藤惠，還有澤村・史賓瑟・英梨梨。

關係有一瞬間差點破裂，然後又設法復合的好朋友。

「啊，妳不必道歉喔。不用再把『那件事』放在心上。」

「可是……」

到她們倆能像這樣，滿懷感慨地再次講話以前，即使期間不長，還是有了滿多迂迴曲折的經過。

關於迂迴曲折的內容，從《不起眼女主角培育法♭》第六話到最後一話講得很詳細，還請參照。因此，兩人之間仍瀰漫著生疏氣息，某方面來講也是無可奈何的事。

「沒關係啦。畢竟，倫……安藝說過，希望我無論如何都要放下。」

「倫……？」

「安藝。」

「…………」

「…………」

「話……話說，那樣是不是有點奇怪，惠？」

「咦？哪裡奇怪？」

「因……因為是倫也拜託妳，妳才原諒的……所以，妳不是出於自己的意志原諒我嘍？」

「最後做決定的是我的意志……不過那是因為既然安藝原諒妳了，我覺得自己沒有理由不原諒妳。」

「哦，是……是那樣啊……」

「畢竟，安藝曾經難過得像那樣放聲大哭，卻還是希望從背後提供一分助力，給想要向前進的妳……」

「咦？他哭了？倫也嗎？在妳面前？」

「啊～剛才提到的事情，妳不必『那麼』在意喔。」

「…………」

「…………」

倒不如說，她們倆在這短短的期間裡，真的有變回好朋友嗎……？

「不……不過，果然，倫也有那麼在意啊……？」

「呃～從我口中無法表示任何意見。」

「呃，可是從剛才，由妳口中透露出來的訊息就已經夠多了耶。」

「……嗯，是啦，雖然他都會逞強。」

「這……這樣啊……可是倫也在我面前，都會笑給我看。」

「關於那部分，我想你們接下來最好要仔細談到讓彼此都能釋懷喔。剛好你們還分到了同一

個班級。」

「是……是喔……說得也對。反正接下來，我跟他每天都能碰面嘛。」

今天早上，校庭公布欄貼出了三年級的分班表，英梨梨來豐之崎就讀，第一次跟倫也分到了同一個班級。

「嗯，就是啊……時間，多得很喔。」

順帶一提，跟他們倆分到不同的班級的惠，在看過公布欄以後，立刻就偷看了倫也待在旁邊的反應。

還有，對於他那副好似為難、好似欣慰、好似落寞、好似放心的表情，以及「加藤，到頭來跟妳分到不同班了呢……」這句話，讓惠花了好一段時間才吞下，之後更有幾分鐘都動彈不得，對此她絕無打算告訴任何人。

「結果，我一次都沒有跟惠同班呢。」

「哎，即使是同年級的女生，也有一半以上的人會那樣，沒辦法嘍。」

「唉～假如惠也跟我們同班的話就好了……」

「……是嗎？」

「畢竟那樣的話，妳就可以幫我跟倫也創造講話的機會啦。」

「…………」

「怎樣？」

「沒什麼……」

還有，對換個班級就懷了如此複雜情緒的惠來說，像英梨梨這樣，在關鍵時刻發揮出的直覺跟小學生一樣遲鈍……呃，一樣純粹，不得不讓她感到耀眼及愧疚。

惠從平時，就被詩羽及倫也嫌棄「身為第一女主角卻在情緒表現上馬馬虎虎」，不過就只有在面對英梨梨的時候，她對於要如何表達自身感情總有費不盡的苦心。

哎，正因為如此，英梨梨那種絲毫不考慮利害得失的純粹，才會讓惠抱持憧憬般的好感。

※　※　※

「所以說，社……社團那邊，沒問題嗎？」

「不要緊，還是會繼續運作喔。」

「這樣啊……」

「也確實把下一部作品的企畫擬出來了。跟去年比，進度快了一個月以上喔。」

「去年花了不少工夫呢……因為那傢伙是外行人，根本寫不出企畫書。」

剛好在去年的這一天、這個時間，英梨梨撕掉了那只有薄薄一張，全憑心血來潮寫出的冒牌

企畫書。

「安藝是在黃金週假期結束時，才總算寫好的嘛。」

「靠著妳的努力啊。」

「有妳替我打扮，有霞之丘學姊幫忙寫劇本。」

「不過那些，終究是因為有妳的努力。」

「嗯，花了好多心力喔～……真的，我沒頭沒腦地就花了好多心力。」

「啊哈哈……」

關於惠當時行動的理由……她們雙方應該都還沒有完全理解與接受。

那時候，有個明明只是被人拖下水，就莫名其妙地拚命配合的女生。

不明所以地讓那個女生拉著一起瞎忙，就連另外兩個女生也被拖下水。

「所以，我還會加油喔……再說，新成員也勉強有著落了。」

「……妳總不會說要讓波島出海加入吧？」

「可是，我反倒想不出不讓她加入的理由耶。」

「咕唔唔……」

而到了現在，還是有源源不絕的人，被那個莫名拚命的女生拖下水……

「她有那麼高的才華，也說已經退出之前的社團了，更重要的是她還考進了豐之崎。」

「不……不過，那傢伙是敵人耶？她前陣子才在『rouge en rouge』跟我們打對台……」

「英梨梨，跟她打對台的不是只有妳嗎？」

「咕唔唔唔唔……」

儘管有個亂拚命的熱血男生在，使得她不太醒目……

即使如此，她那內斂而不醒目的熱忱，就這樣在無意間，逐漸引來了許多人。

「好……好吧，我可以退七兆步，准許讓波島出海加入，可是……」

「可是？」

「別讓波島伊織在不知不覺中，將社團霸占喔。」

「……出海的哥哥嗎？」

無關她樂意，或者不樂意。

「惠，妳要小心喔。那傢伙是最差勁惡劣的投機者……無論對社團和女生都一樣。」

「可是，我還沒有聽到任何他要加入的消息耶。」

「他肯定會來的啦！畢竟自己拉拔的妹妹都要加入了，外傳那傢伙也離開了之前的社團。」

「他離開了？可是，那個人不是『rouge en rouge』的代表……」

「更重要的是，『blessing software』有倫也在啊！」

「…………呃～？」

那時候的惠，完全跟不上英梨梨的那套論述。
是的，當時她還不懂……
「那傢伙對倫也的糾纏，並不尋常吧？」
「哎，他看起來確實是對安藝有所執著……」
「波島他啊，從以前就一直是那樣喔。雖然他也會跟女生拍拖，可是感覺他真正有興趣的就只有倫也。」
「再怎麼說，那也只是心理作用吧？」
「錯了，這是我身為同人作家……不，這是我國中跟他當過同學的直覺！」
「咦……咦～？」
「基本上，那傢伙目前的定位可糟糕了。以往最大的強敵一旦變成自己人……就會跟休○爾一樣喔！鳳○座○輝也是喔！還有貝○塔也是喔！」（註：分別影射《勇者鬥惡龍：達伊的大冒險》的修凱爾、《聖鬥士星矢》的一輝、《七龍珠》的貝吉塔）
「抱歉，英梨梨，我實在跟不上妳講的。無論從那些哏的深度或年代來想都一樣。」
關於惠為何會知道這些哏又深又老，先暫且放到一邊……
「像他們這樣，要拿來配對不就剛剛好嗎！」
「果然不是因為當過同學，而是妳身為同人作家的直覺呢……」

即使如此，英梨梨激動成那樣，還是讓惠有了一股微妙的不安。

而且……

「更何況……惠，萬一那傢伙加入了，最危險的可是妳喔。」

「…………咦？」

「不然妳想嘛。波島伊織不會畫圖，也不會寫劇本，當然更不會作曲。那傢伙能負責的是製作及總監，簡單來說，就是輔佐倫也……惠，這表示他的定位完全跟妳重疊耶！」

「咦…………………咦～？」

面對英梨梨那始終缺乏根據，但就是讓人覺得強而有力的偏見……

惠吐嘈的聲音仍設法保持淡定，喉嚨裡卻還是微妙地發抖。

「因為這樣……惠，妳要小心波島伊織。」

「像……像那樣跟社團裡的人爭，還滿討厭的耶……既然有人要加入，還是和諧相處比較好……」

「妳想得美……惠，妳想的，就像名古屋某間咖啡廳拿來當招牌菜色的甜味○茶○倉紅豆義大利麵一樣美！」（註：影射位於名古屋的咖啡廳「Mountain」）

「抱歉，英梨梨，妳那句比喻好難懂。」

關於那道菜色，與其說問題在於甜口味的義大利麵，不如說其存在本身就是個問題；英梨梨一面巧妙地將那矇混過去，一面望著惠的眼睛，又灌注更多了心力。

「再說，惠……這也是我要拜託妳的。」

「啊……」

「我不只是擔心妳，也擔心倫也……希望妳能保護好倫也，別讓那傢伙，被那個同人投機者的觀念沾染到。」

「是嗎……英梨梨，原來這能幫到妳啊。」

「是啊！」

對於惠來說，那張叫「能幫到英梨梨」的免罪符……

「我明白了，英梨梨……為了『幫到妳』，我會小心的。」

「謝謝妳，惠……！」

那張免罪符來得正好，可以說痛痛快快地掃去了惠的擔憂。

雖然說，在「某方面」思慮單純的英梨梨，對普通女生的那種細微心思就絲毫也不懂了。

※　※　※

「英梨梨，妳那邊如何呢？工作已經開始了吧？」

「是啊……」

從值得紀念的，她們倆和好的那一天，英梨梨首次進軍商業領域的《寰域編年紀ⅩⅢ》企畫就開始運作了。

「那是超龐大的企畫，外界都非常注目，我還聽說妳的上司有點那個就是了……」

「唔嗯～的確，那我沒辦法全盤否認～」

那是由遊戲大廠馬爾茲發行，人氣長達二十年的ＲＰＧ系列最新作。

而且，主導這次企畫的是超人氣創作者，紅坂朱音。

順帶一提，那位叫紅坂朱音的人物，為人與粉絲所給的高評價恰恰相反，為求大賣可以不擇手段，對製作班底的要求高到苛刻，還把人當消耗品用過就丟，在業界內的名聲可說並不佳。

「但是，不要緊的喔。」

即使如此，英梨梨仍一面望著眼底的街道景象，一面對惠回以強而有力的話語。

「雖然她的確很過分，雖然她不肯把我們當人看，雖然對方本來就不是人，即使如此，我還是會繼續對抗……」

「那樣根本不叫不要緊吧？」

「不，我不要緊的……因為，只要能畫，我就不會輸。」

英梨梨那時候的表情充滿自信，顯得有所夢想，不過，也好像有些落寞。

「畢竟，我現在的畫作，也不會輸給紅坂朱音。」

那看起來彷彿是在享受，目前自己身上覺醒的能力，即將與其他創作者產生劇烈化學反應的現實。

「不，插畫家要是畫圖輸給漫畫家，就沒有存在的意義。」

那看起來，彷彿是在描繪未來自己經手的作品在問世那一天，外界會有的驚奇與讚賞。

「所以，起碼在畫圖這一點，我也不能輸給那頭怪物。」

那看起來……也彷彿是在緬懷過去自己無法作畫，既煎熬又難受，卻享盡溫情的那段日子。

「更重要的是，有霞之丘詩羽……有霞詩子在我這一邊。」

當英梨梨說出那句話的瞬間，忘懷了種種情緒，坦蕩蕩地散發的神彩，惠並沒有錯過。

「有那個不討人喜歡、講話毒舌，還滿肚子黑水的女人在我身邊。」

而且，當惠聽見那句話的瞬間，湧出了種種情緒，活生生地散發的落寞，英梨梨同樣沒有錯過。

「所以，我不怕。我不要緊的……」

「……妳真的很信任霞之丘學姊呢。」

「才不是那樣！那傢伙是用來建立免疫力的毒藥啦！她就是預防針！對抗紅坂朱音，需要有她那樣的黑肚腸！」

「呵呵，說得也是，就當作那樣吧……不，那樣才好。」

所以惠在那時候，伴隨心思冒出的輕輕一笑，同時有著符合她性格的輕薄，以及不合她性格的複雜。

畢竟，過去倫也本身懷有的無力感，在經過幾天的間隔後，成了此刻她所懷的心境。

體認到自己在聲援好朋友的夢想，而無法成為逐夢同志的立場。

「英梨梨，妳要跟霞之丘學姊一起奮鬥。社團這邊，有我跟安藝努力。」

「……總覺得，兩邊都是冤家搭檔耶。」

「要互相彌補欠缺的部分，才會順利啊……」

然而，惠從中感受到的並不只有落寞。

「……妳跟倫也也是？」

那是因為，儘管惠沒能成為英梨梨的同志，即使如此，還是有人可以成為她的同志。

「哎，關於我們這邊嘛，多少也會打拚看看，起碼不會落魄到被妳們拋棄。」

因為只有她自己，才有資格跟英梨梨和詩羽打從心裡想追求，卻又追求不到的人組成搭檔。

「……那方面，我倒是沒那麼擔心耶。」

「啊～是嗎～」

此時，惠對於英梨梨含沙射影的「那方面」，做了顯然有聽懂些什麼的裝蒜反應。

所以到最後，關於「聽懂以後有什麼打算」，也只能說冥冥中自有答案……不，也只有惠心裡曉得了。

那是感受到落寞的自己，想還以顏色嗎？

或者說，那是對英梨梨的顧慮，還是客套？

不過，會顧慮或客套，那就表示……？

※　※　※

「開學典禮差不多要開始了呢。」

「是啊。」

惠指了連接校舍與體育館的通路，魚貫而去的人群滿了起來。

朝時鐘看去，典禮開始的上午九點，剩五分鐘就要到了。

「走吧，英梨梨。」

「嗯，我們走吧，惠。」

所以，她們倆邁出腳步。

那不只是為了前往開學典禮。

不只是為了升上三年級。

而是要踏上有別於其他未來（原作），至今仍方向未明的初探之路（劇場版）。

她們的決裂與復合提早了，而且在和平的背後，由於私底下仍有些許心思尚未揭露，這場風波便結束了，世界也就有了些許改變。

在那裡，或許會有不同於想像的苦難。

或許會有意想不到的選擇，以及無法相信的結果在等著。

「啊……」

「怎麼了，惠？」

「那不是安藝嗎？」

「咦，哪裡哪裡？」

「妳看那邊。他從體育館出來，然後走回校舍了……」

「啊，真的耶，那傢伙搞什麼啊。」

「只有他一個人走在跟大家相反的方向呢。」

「而且，還急成那樣……」

「是怎麼了呢？有東西忘記嗎？」

「開學典禮沒有什麼東西好準備的吧。」

「要不然，他是在找人嘍？」

「那我才想問，那傢伙是要找誰……啊。」

「……………」

「……………」

「英梨梨，會不會是妳？」

「不……不會啦，惠，應該是妳吧？」

「不過，現在跟安藝同班的是妳啊。」

「可……可是，倫也已經跟妳同班兩年了嘛。」

「話雖如此，我是從升上三年級，才變得跟他有話講的。」

「可是，我也有好幾年沒跟他講話啊。」

「可是我跟妳不一樣，都沒有被安藝擔心過喔。」

「……………」

「……………」

「也對，或許倫也在找的，果然就是我。」

「啊～可是，似乎也不一定耶……即使他是在找我，好像也一點都不奇怪。」

「噯，惠！妳怎麼突然就撤回前言了！」

「妳想嘛，之前我跟安藝稍微保持距離時，他好像滿在意我的。」

「那是因為妳記恨得太久吧！基本上，妳說稍微保持距離，卻有足足兩個月都不理人，未免太幼稚了！」

「英梨梨，我不想被妳說幼稚耶。基本上，也不用那麼在意吧。無論安藝要找的是哪一邊，都無所謂啊。」

「既然如此，當成『他在找我』就可以圓滿收場了嘛。」

「…………嗯～我明白了。就當成那樣吧，就那樣。」

「所以說，妳為什麼要顯得那麼排斥嘛！」

……哎，其實感覺也沒有多大的變化就是了。

後記

大家好，我是丸戶。在此向各位獻上《不起眼女主角培育法 Fan Disc第二彈（以下稱ＦＤ２）。

這次收錄的作品群，是ＴＶ動畫第一季、第二季ＢＤ／ＤＶＤ包裝隨附的特典小說，搭配唯一一段新寫的短篇。

呃，原本也是可以多寫幾段短篇或另寫中篇，增加新故事的比例，沒想到特典小說的量多到騰不出篇幅……真的喔。不然請編輯部幫忙背書如何？哎，向他們拜託那種事，我會被嗆「哦？那就來出整本全新內容的不起眼新刊吧？」因此這件事還是就此打住。

總之，先不提那些了，當我寫這次收錄的作品時，時期當然是跟動畫播映的期間完全重疊，所以我曾經哀號過「好不容易寫完腳本，這次又換成特典小說了嗎！」在酒席上聽我如此抱怨的深崎先生就回答「我除了要畫每個月上市的包裝封面，還得畫店鋪特典圖，敢問您覺得如何？」如今這也成了令人懷念的回憶。

所以說，我對這次ＦＤ２的內容就不多提了（因大半為重新收錄之作）；而關於去年底發表要製作劇場版後，總算對外公開的後續消息……

正如同Fantasia文庫大感謝祭二〇一八所發表的，片名為《不起眼女主角培育法Fine》。Fine是延續第二季「♭」的樂譜符號系列，至於含意……我想各位查過就會立刻明白，正是那麼一回事。

雖然離上片時日尚久，在這段期間仍會努力進行宣傳（主要是ANIPLEX和KADOKAWA），若各位願意奉陪這場Fine的慶典，便是我的榮幸。

那麼，由於這次後記的篇幅也不多，在最後請讓我發表謝詞。

深崎先生，來到這一集還麻煩您設計新角色造型，實在萬分抱歉。順帶一提，「她」目前所住的濱松，是加藤家祖籍所在的地方，惠所說的「氣起來」則是該地方的獨特用詞，不過到現在才說明這項幕後設定也沒有助益呢。

那麼，雖然不知道下次何時再會，先約在劇場版見吧。

丸戶史明

二〇一八　晚秋